Roland Voggenauer · Blut und Wasser

1869 wird die schwangere Anna Wimmer am Ufer des Langbürgner Sees Opfer eines Verbrechens. Mehr als ein Jahrhundert vergeht, ehe Matthias Staudacher durch einen Zufall im Morast des Sees auf ihre mumifizierte Leiche stößt. Der Fund ist eine Sensation und in den regionalen Medien macht die Zeitungsmeldung über eine Moorleiche die Runde. Aufgrund alter Zeitungsartikeln gelingt es den Behörden recht schnell, die Identität der Toten zu bestimmen. Nach kurzem Prozess hat man den Ehemann von Anna Wimmer als Täter verurteilt. In der Haft nahm er sich das Leben und das Schicksal der jungen Frau geriet in Vergessenheit. Angetrieben von seiner Frau Sylvia beginnt Matthias Staudacher zu recherchieren. Erst widerwillig, dann mit zunehmendem Interesse durchforstet er alte Gerichts- und Kirchenakten und rekonstruiert das Leben der Anna Wimmer und den an ihr begangenen Mord. Staudacher bezweifelt das damalige Gerichtsurteil und vermutet einen ganz anderen Täter. Als er erkennt, dass die Wahrheit eng mit seiner eigenen Familie verknüpft ist, entwickelt sich ein tragischer Konflikt.

Roland Voggenauer wurde 1964 geboren. Nach dem Abitur studierte er in München Mathematik und Philosophie. Seit 1991 diverse Tätigkeiten als Versicherungsmathematiker. Er wohnt mit seiner Frau und drei Kindern am Chiemsee. Sein zweiter Krimi „Übersee" erschien 2008.

Roland Voggenauer

Blut und Wasser

PENDRAGON

Diese Geschichte ist frei erfunden, fast frei. Tatsächlich hat die Handlung einen wahren Kern, und die meisten Schauplätze gibt es wirklich – bis auf den Grubner Hof, der irgendwo zwischen Prien und Rimsting gelegen sein könnte. Die dargestellten Figuren jedoch haben mit real existierenden oder auch historischen Personen nichts zu tun, fast nichts.

1

Der 4. Juli 1869 war ein heißer Sonntag.

Anna Wimmer lag rücklings auf der Wiese am See und drehte mit ihren Zehen Locken in die Grashalme. Eine Hand hatte sie unter ihren Kopf gelegt, mit der anderen streichelte sie über ihren Bauch. Sie blinzelte in die Sonne und beobachtete die Wolken, die hoch über ihr vorbeizogen. Offenbar dachte sie nach. Ihre Lippen bewegten sich, als ob sie Selbstgespräche führe. Sie lächelte.

Mit einem Ruck richtete sie sich plötzlich auf und zog ein kleines ledernes Buch unter ihrer Schürze hervor. Sie setzte sich zurecht und fing hastig an zu schreiben.

Die Schritte, die sich ihr leise von hinten näherten, hörte sie kaum.

Als der Mann hinter ihr stand, fiel sein Schatten auf ihr Buch. Sie klappte es zu und sprang freudestrahlend auf.

„Anderl! I hob so g'hofft, dass'd kummst", sagte sie und schlang ihre Arme um seinen Hals.

Sie küssten sich leidenschaftlich, bis er sie hinunterzog und ihren Körper in die Wiese drückte.

„Wart no!", flüsterte sie ihm ins Ohr, aber er war zu erregt, um auf sie zu hören. Schwer atmend wühlte er sich durch ihren weiten Rock.

Erst als sie ihm kräftig ins Ohr biss, zuckte er erstaunt zurück.

„Wos hostn?“

„I bin glei wieda zruck“, sagte sie, raffte ihre wenigen Sachen zusammen und verschwand im Unterholz.

Andreas schaute ihr ungläubig aber auch erwartungsvoll hinterher. Er drehte sich auf den Rücken, schloss die Augen und lächelte die Sonne an.

Es dauerte nicht lange, bis sie wieder zurückkam. Ihr Schatten fiel auf sein Gesicht. Als er seine Augen öffnete, stand sie über ihm – sie war splitternackt. Andreas sprang wortlos auf und griff sie mit beiden Händen an ihren zarten Schultern.

Anna Wimmer war eine auffällig schöne Frau. Sie war zwar klein und zierlich von Gestalt, aber ihr Auftreten war sehr bestimmt, selbstbewusst, fast fordernd. Ihre Augen waren groß und tiefblau. Ihr Gesicht strahlte eine ungeheure Neugierde und Lebendigkeit aus. Blondes Haar fiel in langgeschwungenen Locken über ihre Schultern.

Andreas starrte auf ihre Brüste, die jetzt, da sie ein Kind stillte, prall und groß waren, eigentlich zu groß für ihren kleinen Körper.

Er verschlang sie zunächst mit Blicken und schließlich mit seinem Körper.

Als sie später in seinen Armen lag, atmeten sie beide wieder ruhig und schauten schweigend auf den See. Die Sonne glitzerte auf dem Wasser.

„Wo is da Franz?“, fragte er leise.

„Beim Heu'n.“

„Heit? Am Sundag?“

„Auf'd Nacht kummt a Weeda.“

„A woher denn! De Beag schaun ned a so aus.“

„Ea hod's gsogt und meist hod ea a recht. Ea spüat's, wenn's umschlogt.“

„I glaab, dea spüat ibahaupt nix“, sagte er und warf einen kleinen Stein ins Wasser.

„S'Weeda scho – sunst freili nix, ned vui jedenfois“, flüsterte Anna und küsste zärtlich seinen Hals.

„Und de Lisi, wo is de?“

„Schlofft. I hob's no g'stillt, jetzt schlofft's zwoa oda drei Stund. Vui Zeit hob i nimma. I hob gsogt, i geh schnäi und schlog a Hoiz.“

„Hoiz? Um de Zeit? Hobt's doch gnua Hoiz um's Haus, oda?“

„Koa Buacha. I braach Buachastecka. Drum hob i des Hacki dobei.“

Nach einer Weile sagte sie leise: „Loss uns geh“, blieb aber still liegen.

„A bleib no a bisserl, s’is so schee, so schee staad do.“

„Ganz weg, moan i, wo ma wiaklich unsa Ruah ham, wo uns koana kennt.“

Er lächelte: „Do miassma aba weit weggeh, dass mi koana mea kennt.“

„Amerika!“, sagte sie, und schaute ihn freudig an.

„Amerika?“, wiederholte er und zog die Augenbrauen hoch. „Du mit deim Amerika. Do is doch a Kriag.“

„A woher denn! Dea is doch scho längst vorbei. Und wea woas, wann bei uns wiada a Kriag kummt.“

„A wo, unser Ludwig hat koan Kriag ned im Sinn. Dea baut liaba, Schlössa und sowos. Und jung is a a no.“

„De Resi hod gschriem, aus Pennsylvania, so hoaßt ma des, wos is. Se sogt, du braachst ned vui, und an jedn Dog kemman neie Leit, aus da gonzen Wäid, aa aus Baiern.“

„Wos für a Resi?“

„D’Bachlerin z’Hittenkiacha, woast nimma? De is voa drei Joa mim Schiff davo und jezz hod’s 35 Stickl Vieh.“

„Na, des waar nix für mi. I mog koa Bauer ned sei.“

„I ko oabeitn wia Mannsbuid, und du konnst ois Lehra geh, und irgendwann weast du a in Amerika a Biagamoasta sei. Do weast gwäit.“

„Aba warum soin de mi wäin, mi – den Baiern z'Amerika?“, sagte er und lachte laut.

„Jo worum ned? I glab, de daaten sogar an Ästreicha wäin.“

Sie lachten beide.

„Na, i kehr do her. Jez. Friara, ois Student hätt i vielleicht geh kenna, aba jezzad? Bin i a scho iba dreisge, und i bin jo do wea, wia kunnt i do weggeh?“

„Weilst zu mia keast“, sagte sie und musterte ihn streng. Dabei zog sie ihre Augenbrauen zusammen, wie sie es immer tat, wenn es ihr ernst war, und er wusste das.

„Du konnst doch aa ned weg“, wehrte er ab. „Du host doch an Franz und de Lisi“.

„D'Lisi, de nimm i scho mit.“

„Und den Franz?“

„Den natürli ned. Dea kummt aa ohne mi zrecht.“

„Du host eam aba do gheirat.“

„I war sechzehne, ois i auf'n Hof kemma bin. Mi hod koana gfrogt.“

„Scho! Da Pfarra, dea hod di gfrogt.“

„Freili, g'frogt hod a scho, aba i hob nix gsogt. Sein Ring hob i eh glei wiada abglegt.“

„I den mein aba ned.“

„Irgendwia scho“, murmelte sie so leise, dass er sie nicht verstand.

„Wos moanst?“

„A, nix“, sagte sie und drückte seinen Kopf tiefer in ihren Schoß.

Wieder blickten sie beide minutenlang schweigend auf das Wasser.

Unvermittelt sagte sie:

„I muas da aba no wos Wichtigs song. I bin wieda in da Hoffnung.“

Er löste sich ruckartig aus ihrem Griff und starrte sie entgeistert an.

„Moch koan Schmarrn ned. Des ko doch ned sei.“

„Du weast es wissn.“

„I denk, du stillst no.“

„Freili, aber s'is wia's is. Ich spüa's scho seit Wocha. Do lebt wieda wos in mia, unsa Kind.“

„Unsa Kind? Wiaso unsers?“, fragte er irritiert.

Sie sah ihn genauso irritiert an, und bevor sie antworten konnte, setzte er nach:

„Und jezz? Wos wuist jezz macha?“

„I wead's eam song! A zweits Kind konn i eam ned unterschiam."

„Wiaso ned? Ea meakt's ja eh ned."

„Seit de Lisi do is, hod ea mi nimma o'griat. Un an heiligen Geist glaabt dea a ned."

Er schüttelte ungläubig den Kopf. „Jo, und host vielleicht mit sunst ebban ...?"

„Wos?"

Wieder zog sie ihre Augenbrauen zusammen. Ihre Miene wurde mit einem Mal hart. Die Enttäuschung stand ihr ins Gesicht geschrieben. Sie schob ihn beiseite und stand wortlos auf. Ohne sich noch mal umzudrehen, ging sie energisch zurück ins Unterholz, wo sie bei einem Fels ihre Kleider abgelegt hatte, und zog sich hastig an.

Andreas blieb zurück und dachte angestrengt nach. Dann sprang er schnell in seine wenigen Kleider und lief ihr hinterher. Bei dem Fels baute er sich vor ihr auf.

„Jezz gib doch a Ruah", fuhr er sie an und packte sie bei ihren zarten Handgelenken. „A so war's ned gmoant, aba i wead doch woi no frong deafa."

„Na, des deafst ned", schrie sie ihn verzweifelt an. „Wenn i dia sog, i trog dei Kind in mia, nahat muass des dia glanga. Glaabst du denn ned an mi?" Sie trommelte mit ihren kleinen Fäusten gegen seine Brust.

„Jo, scho, freili“, antwortete er ausweichend. „Aba vaschdehst Du denn ned a mi?“

Sie war wieder still und schüttelte nur langsam ihren Kopf. Tränen liefen über ihr Gesicht.

„Und jezz? Wos megst jezz doa?“, fragte er noch mal.

„I werd’s eam song, ois, heit no, und nahat wead i geh, weit weg, auf Amerika, ob’st mitkummst oda a ned“, schluchzte sie leise.

„Geh heer doch auf! Du mit deim spinnerten Amerika, und loss mi doch aus’m Spui.“

„Di aus’m Spui lossen? Des *Spui* is dei Spui. Bis jezz ham mia nach deine Regeln gspuit, hoamlich, aba jezz hamm mia boid zwoa Kinder und do kemma doch ned a su doa, ois sei nix gwen.“

Sie weinte. Er sagte nichts.

„Mir kenna nei ofanga“, schluchzte sie endlich. „Du und i, kumm mit mia, mia sann no so jung, s’Leb’n liggt voa uns, und mia kean doch zamm, du und i, mir miassn doch zammhoiten.“

Er wandte sich von ihr ab.

„I ko ned weg vo do, vaschdehst du des ned? Nia!“

Seine Stimme klang verzweifelt und entschlossen gleichermaßen.

„Guat!“, sagte sie resigniert aber bestimmt. „I geh jezz, und heit Omnd hob i des g’regelt.“

Sie packte ihr Beil und stampfte davon.

Andreas blieb kurz zurück, rannte ihr dann aber hinterher.

„Anna! Bleib steh!"

Als er sie erreichte, packte er sie bei der Schulter und drehte sie zu sich. Dabei stolperte sie und fiel rückwärts hin. Das Beil entglitt ihrer Hand. Er warf sich auf sie und presste sie in die feuchte Erde.

„Des konnst doch ned doa, du ruinierst mi, mei Familie, mei Gschäft. D'Leit redn eh scho gnua üba di."

„Üba mi? I ruinier di?", schrie sie ihn an. „Oa Hoizscheitl aloa brennt ned. Geh hoam und sogs deina Frau, bevor sie's vo wem andern dafrogt."

Er zuckte zurück wie nach einem Faustschlag ins Gesicht.

Anna konnte sich aus seinem Griff befreien. Mühsam wand sie sich aus seiner Umklammerung und lief davon. Ihr Beil ließ sie liegen.

Andreas' Blick wurde starr. Er schwitzte, und Schaum stand in seinen Mundwinkeln. Mechanisch griff er nach dem Beil und lief ihr hinterher.

Nach wenigen Schritten war er dicht hinter ihr. Er holte weit aus, als wolle er einen Speer schleudern.

Das Beil traf Anna mit voller Wucht und drang

mit einem dumpfen Geräusch genau zwischen den Schulterblättern tief in ihren Rücken ein.

Ohne einen Laut sackte sie vornüber zusammen.

Sie muss tot gewesen sein, bevor sie den Boden berührte.

Andreas stand still über ihrem leblosen Körper und schlug fassungslos die Hände vor sein Gesicht. Sein Blick klebte an dem blutigen Beil, das tief in Annas Rücken steckte – so tief, dass er es nur mit einem kräftigen Ruck wieder herausziehen konnte.

Er zweifelte keine Sekunde daran, dass sie tot war.

Das Beil rutschte aus seiner Hand und landete dumpf auf dem Waldboden. Dickes Blut quoll aus der riesigen klaffenden Wunde in Annas Rücken und tränkte ihr Kleid dunkelrot.

Es dauerte eine Weile, bis er seine Fassung wiedergewonnen hatte.

Er packte Anna bei ihren nackten Füßen und schleppte sie die Böschung hinunter Richtung See. Sein Blick war starr auf den blutroten Fleck geheftet, der immer noch größer wurde. Er hielt inne und drehte die Leiche um, packte sie wieder bei den Füßen und schleifte sie weiter über den feuchten Waldboden. Ihr Gesicht war über und über mit Erde beschmiert.

‚Warum sieht sie nur so friedlich aus?' dachte er.

Tatsächlich wirkte ihr Mund so, als würde sie lächeln, aber ihre großen Augen waren weit aufgerissen, und er meinte, sie starre ihn an. Ihren Blick konnte er nicht aushalten. Er drehte sich weg und schaute nach hinten, während er sie weiter hinabzog.

Nicht weit von der Wiese, wo sie vor kurzem noch zusammen gelegen hatten, bestand das Seeufer aus einer moorartigen Fläche, die dicht mit Schilf bewachsen war. Dorthin zog er die Tote.

Je näher er dem Wasser kam, desto weicher wurde der Boden, der schließlich in Morast und wässrigen Schlamm überging.

Er watete weit in das Schilffeld hinein. So weit, dass er bis über die Knöchel im Schlamm steckte. Das Wasser stand ihm fast bis zu den Knien.

Die Leiche zog er hinter sich her wie ein schweres Boot.

Mit jedem Meter wurden seine Schritte mühsamer.

Als das Wasser tief genug war, ließ er die Leiche an sich vorbeigleiten und schob sie von sich weg. Annas Kleider hatten sich aufgeplustert, und sie breitete ihre Arme aus, als ob sie auf den offenen See hinausschwimmen wolle.

Sie ging nicht unter.

Andreas kämpfte sich zurück aus dem Wasser.

Er lief wieder in den Wald und schaffte zwei größere Felsbrocken heran.

Den ersten legte er genau auf das große Loch in Annas Rücken. Das Wasser um sie herum hatte sich rot gefärbt. Mit dem zweiten Stein beschwerte er ihren Unterkörper.

Anna versank. Aber ihr dickes Blut schwamm oben und vermischte sich nur langsam mit dem Wasser des Sees.

Er lief noch einmal in den Wald und brachte weitere Steine herbei, unter denen er Anna in ihrem feuchten, schlammigen Grab begrub.

Als er zurücklief, stolperte er fast über das Beil, das immer noch an der Stelle lag, wo er sie erschlagen hatte. Er nahm es auf, überlegte kurz und ging durch den Wald davon.

Später, im Schutz der Dunkelheit, schlich Andreas sich zum Hof des Franz Wimmer und legte das Beil in der Tenne ab.

Aus dem Haus hörte er ein Kind schreien, sein Kind.

Er hielt kurz inne und lauschte. Dann ging er unbeeindruckt davon.

Am frühen Abend schlug das Wetter um. Ein heftiges Gewitter ging über der Gegend nieder und verwischte alle Spuren des Tages rund um den Langbürgner See.

Anna Wimmer wurde langsam vom Moor verschluckt, und mit ihr das neue Leben in ihrem Schoß und der Traum von einem neuen Leben im fernen Amerika, das an diesem Tag seine Freiheit feierte.

2

Matthias Staudacher fährt mit seinem Fahrrad immer tiefer in den Wald hinein. Bald wird der Weg enger und enger. Wie ein Boxer versucht er immer wieder, sich unter den Ästen wegzuducken, die ihm ins Gesicht schlagen. Er bewegt sich jetzt nur noch mit Schrittgeschwindigkeit vorwärts. Der Weg verliert sich im Gebüsch. Er hält an und steigt ab. Deutlich ist zu erkennen, dass der Pfad hier früher einmal weitergeführt hat, mittlerweile aber überwuchert worden ist. Behutsam schiebt er sein Fahrrad immer weiter in das Unterholz hinein. Durch das Geäst hindurch schimmert türkisfarben das Wasser des nahen Langbürgner Sees.

Diese Gegend nördlich des Chiemsees hat er vor Jahren lieben gelernt.

Idyllisch zwischen bewaldeten Hügeln eingebettet liegen hier rund ein Dutzend größerer und kleinerer Moorseen, von denen die meisten über kleine Wasserläufe miteinander verbunden sind. Die Uferbereiche der Seen sind oft stark bewachsene, schlammig-morastige Flächen oder auch ausgedehnte Schilfgürtel.

Zwischendurch jedoch gibt es immer wieder

auch Stellen mit festem Untergrund, von wo aus das Wasser leicht zugänglich ist.

Da die Seen fast keine oberirdischen Zuläufe haben, sondern aus dem hohen Grundwasser gespeist werden, haben sie allesamt eine hervorragende Wasserqualität. Ein stilles sommerliches Bad in dem weichen Wasser ist eine Wohltat für Körper und Geist.

Die ganze Seenplatte ist seit langem ein zusammenhängendes Naturschutzgebiet, denn im Frühsommer brüten an den westlichen Ufern heimische Wasservögel. Weite Teile, besonders die Uferbereiche, dürfen nicht betreten werden. Zwar gibt es kaum Hinweisschilder, aber es existieren auch nur wenige Wege, die direkt zum Wasser führen – und Badeerlaubnis besteht eigentlich nur an ausgewiesenen Plätzen.

Matthias kennt die Gegend rund um den Langbürgner See herum sehr gut. Trotzdem ist er immer wieder auf der Suche nach neuen, möglichst unberührten und schwer zugänglichen Stellen, wo er ungestört zum Schwimmen ins Wasser gehen kann.

Es ist ein heißer Sommertag. Er fragt sich, ob er bald fündig werden wird. Eigentlich fürchtet er, dass in diesem Bereich Schilf und Moorflächen den Zugang zum See erschweren. Aber nachdem er sich so weit durch das Dickicht vorgekämpft hat, will er jetzt nicht mehr umkehren, sondern sich Gewissheit verschaffen und sich sein wohlverdientes Feierabendbad genehmigen.

Er erreicht einen mannshohen Felsbrocken, der hier den weiteren Wegverlauf unterbricht. Dort lässt er sein Fahrrad stehen und zwängt sich durch das Gebüsch an dem Fels vorbei. Direkt dahinter ist der Weg sogar wieder etwas deutlicher zu sehen, fällt aber steil in Richtung Ufer ab.

Matthias geht immer zügiger, denn er sieht schon, dass die Anstrengung sich gelohnt hat. Dort unten ist das kühle Wasser des Sees einigermaßen leicht zu erreichen.

Froh über seine unverhoffte Entdeckung, springt er übermütig die letzten Schritte vorwärts. Dabei verfängt er sich aber in einer Wurzel, stolpert, überschlägt sich und rutscht den Abhang hinunter. Instinktiv streckt er ein Bein nach vorne, um den Schwung abzufangen und nicht direkt im Wasser zu landen. Der Boden wird weicher, schlammiger, und plötzlich stößt er mit dem Fuß gegen einen harten Gegenstand, der seine unfreiwillige Rutschpartie abrupt stoppt. Er sitzt mitten im Sumpf und steckt fest.

Nachdem er seine missliche Lage kurz und fast schon belustigt bejammert hat, greift er hinter sich nach den Zweigen eines Busches, der halb im See, halb am Ufer steht. Er will sich daran zurückziehen. Sein Bein steckt tief im Schlamm und stützt sich an dem harten Hindernis ab. Er zieht es mühsam zurück, verfängt sich aber offenbar in irgendwas, wie in einer Schlinge. Als er heftig zieht, gibt die Schlinge nach und kommt zum Vorschein. Sie sieht aus, wie eine Schleife oder ein Gürtel aus Stoff. Er greift danach und zieht sie vorsichtig zu sich, bemerkt einen Widerstand und zerrt ein wenig fester daran. Dabei reißt der Stoff, aber er spürt, dass der Gürtel an irgendwas befestigt ist, dass hier direkt vor ihm etwas Größeres liegen muss. Er greift mit der Hand vorsichtig in den Schlamm und ertastet etwas rundes, weiches, stabartiges, das man leicht herausziehen kann.

Was zum Vorschein kommt, lässt ihm das Blut in den Adern gefrieren.

Er umfasst einen Unterarm! – direkt beim Handgelenk. Es ist zweifellos ein menschlicher Arm, denn die schlammtriefenden Finger der Hand scheinen fast nach ihm zu greifen. Geschockt lässt er den Arm los, als hätte er sich daran verbrannt. Er fällt zurück und strampelt heftig, bis er sich aus dem Schlamm befreit hat. Als er wieder auf den

Beinen ist, atmet er flach und schwer. Sein Herz schlägt ihm bis zum Hals. Mit ein wenig Abstand kann er deutlich die Umrisse seines Fundes erkennen. Unter der morastigen Oberfläche zeichnen sich klar die Konturen eines Rumpfes und zweier Beine ab. Schlagartig wird ihm klar, dass er auf eine Leiche gestoßen ist.

Matthias stürzt den Hang hinauf, vorbei an dem Fels, wo er sein Fahrrad stehen gelassen hat. Er rennt und springt durch das Unterholz. Als er den Weg erreicht, überlegt er kurz, in welcher Richtung er am schnellsten aus dem Wald herauskommt, wo die nächste menschliche Besiedlung ist. ‚Nicht weit von hier liegt der Grubner Hof', denkt er. Er kennt zwar den Hof, aber nicht dessen Bewohner. Nach wenigen Minuten hat er ihn atemlos erreicht. Die Haustür steht offen. Ohne zu klopfen stürzt er in den Hausflur und schreit: „Hallo! Jemand zu Hause?"

Aus der Küche schlurft die alte Bäuerin heraus und trocknet langsam ihre Hände an einem Geschirrtuch ab, während sie ihn fragend mustert: „Wos isn des füa Gschroa?"

„Unten am See", bringt er nach Luft schnappend hervor, „da liegt eine Leiche."

Als die Polizei wenig später auf dem Hof ankommt,

sitzt Matthias am Küchentisch und nippt an dem Obstler, den die Bäuerin ihm eingeschenkt hat.

„A Leich, songs?"

„Ziemlich sicher", sagt Matthias und leert das Glas. „Am besten zeig ich Ihnen den Weg."

Mit dem Wagen fahren sie bis zum Waldrand. Dann wollen die Polizisten zu Fuß weitergehen. „Wegen möglicher Spuren", meinen sie.

„Das Fahrrad gehört mir", sagt Matthias, als sie sich dem Felsbrocken nähern.

Mühsam zwängt man sich gemeinsam an dem Stein vorbei, dann bleibt Matthias stehen und zeigt nach unten. Kaum zehn Meter entfernt können die Polizisten im Uferschlamm jetzt klar die Umrisse eines menschlichen Körpers erkennen. Auch einen Kopf und sogar Reste von Kleidung meint Matthias ausmachen zu können. Der Anblick lässt darauf schließen, dass es sich um eine Frau handelt.

Vorsichtig geht einer der Polizisten ein paar Schritte weiter und weist die anderen an zurückzubleiben. Als er wiederkommt, sagt er:

„Do braachma koa Spurensichrung. De, moan i, liggt scho länger do."

Das alles ist freitags am frühen Nachmittag geschehen. Noch am Abend kommt ein Spezialtrupp aus München, um die Leiche zu bergen.

Der Fundort wird zunächst großräumig gesichert und abgesperrt. Dann beginnen Spezialisten in Ganzkörperoveralls vorsichtig damit, die Leiche rundherum freizulegen. In Handarbeit, mit Schaufeln und Spaten und allerlei anderen Werkzeugen verschiedener Größen trägt man das Erdreich in einem Radius von einigen Metern um die Fundstelle herum ab. Das dauert mehrere Stunden.

Matthias bleibt in der Nähe und beobachtet das Geschehen bis sein Fund komplett freigelegt ist.

Die Leiche sieht aus wie ein aus Lehm geformter Frauenkörper. Sie liegt mit dem Gesicht nach unten da. Ihre Arme sind weit vom Rumpf weggestreckt, ihre Beine seltsam verdreht und unter dem Bauch leicht angewinkelt. Die Reste ihrer Kleidung sind klar zu erkennen. Sie trägt einen Rock, der von einem Gürtel zusammengehalten wird. In ihm hat Matthias sich offenbar verfangen, als er versuchte, sich aus dem Schlamm zu befreien.

Schließlich heben die Männer den Leichnam vorsichtig an und legen ihn in eine bereitstehende, große Plastikwanne. Die Polizisten decken die menschlichen Überreste mit schwarzer Folie ab, die Wanne wird versiegelt und sofort abtransportiert.

„Wir müssen sie feucht halten", sagt einer der Beamten, offenbar der Leiter der ganzen Aktion, „bis wir sie uns genauer ansehen können."

„Sie ...", fängt Matthias an, aber der Satz bleibt ihm im Halse stecken.

„Die Leiche, meine ich", ergänzt der Beamte seinen Satz.

Matthias nickt: „Eine Frau, nicht wahr?"

„Ja, sicher. War ne Frau, offenbar nicht besonders alt."

„Und sie liegt schon länger da unten?"

Der Mann lächelt fast: „Sicher nicht erst seit letzter Woche."

„Sondern?"

„Schwer zu sagen. Sie ist noch ziemlich gut erhalten, aber sie befand sich dort mindestens hundert Jahre lang – das ist sicher – vielleicht zweihundert, länger wahrscheinlich nicht."

Matthias rechnet zurück: „Mitte letzten Jahrhunderts?"

Der Mann nickt. „Und Sie haben sie also gefunden?"

„‚Gefunden' kann man kaum sagen, ich bin direkt in sie reingerutscht."

„Reingerutscht?"

„Ja. Ich bin von hier oben gekommen und wollte nach da unten. Dann bin ich irgendwie hängen geblieben und gestolpert. Ich glaub, ich hab mich auch überschlagen. Plötzlich saß ich irgendwie da unten im Morast und habe irgendwas Hartes berührt."

„Einen Stein", sagt der Beamte, der offenbar aus Norddeutschland stammt, denn er sagt ‚S-tein' und lächelt dabei immer noch.

„Sie sind sicher gegen einen dieser S-teine gestoßen, die wir gefunden haben. Und dann saßen Sie mitten drauf auf der Toten, was? Verrückt! Ich hab schon ein paar Moorleichen rausgezogen, aber das hat's noch nicht gegeben."

Wieder scheint es, als würde er schmunzeln. Matthias schluckt.

„Die Tote lag unter mehreren S-teinen, wie begraben", fährt er fort.

„Sie meinen, man hat sie dort begraben?"

„Sicher nicht so, wie man das normalerweise macht. Nee, nee, die ist eher da entsorgt worden."

Matthias sieht ihn entsetzt an. Der Mann redet, als ob es um ein abgestelltes Fahrzeug gehe.

„Von den S-teinen muss sie in den Untergrund reingedrückt worden sein. Die haben sie unten gehalten, lag kaum 'nen halben Meter tief, aber das reicht."

„Reicht? Wozu?" Matthias versteht nicht ganz, was der Mann ihm sagen will.

„... das genügt um zu bewirken, dass organische Stoffe fast nicht zersetzt werden. Ist ziemlich luftdicht in dem Schlamm da unten."

„Sie meinen, dass keine Verwesung eintritt?"

„Na ja, das Milieu kann die Zersetzung nicht ganz aufhalten, nur verlangsamen. Da wird 'ne Leiche eher wachsartig und bleibt, wie gesagt, gut erhalten." Er macht eine kurze Pause und sieht rüber zu der Stelle, wo sie gelegen hat. „Sie sieht sogar richtig gut aus."

Matthias meint zu sehen, dass der Mann ihm zuzwinkert. Er runzelt seine Stirn und sieht ihn nur fragend an, sprachlos.

„Ja, so ist das eben. Wissen Sie? Vor Jahren hat ein Kollege von mir auch hier im Langbürgner einen Einbaum geborgen. Der war über tausend Jahre alt und noch ziemlich gut in Schuss. Den haben sie restauriert, und ich wette, damit könnten Sie heute noch ne Paddeltour mit Ihrer Frau machen."

Matthias schüttelt nur den Kopf, als könne er das alles nicht fassen.

„Eigentlich wie beim heiligen Koloman!", murmelt er vor sich hin.

„Wie bitte? Wer ist das denn?"

„Ach, da gibt es so eine Legende hier", erklärt Matthias. „Man erzählt sich, dass ein irischer

Mönsch durch den Chiemsee geschwommen ist. Nicht weit von hier soll er an Land gegangen sein. Den haben sie für einen Spion gehalten und aufgehängt, aber dann ist seine Leiche nicht verwest, und sie haben ihm eine Kapelle gebaut, in Hochstätt. Das ist direkt da vorne hinter dem Hügel!"

Der Beamte zuckt mit den Schultern und sagt nur: „Aha."

Offenbar hält er nicht viel von solchen Geschichten.

„Und was haben Sie dann gemacht?", fährt er fort. „Ich meine: Nachdem Sie gemerkt haben, dass Sie auf 'ner Leiche sitzen."

„Das habe ich doch gar nicht direkt bemerkt", sagt Matthias, als müsse er sich verteidigen.

„Ich wollte einfach wieder hoch, und dabei hatte ich plötzlich diesen ... Arm? ... in der Hand. Ich meine, ich hab nur diese Finger gesehen und gedacht, o mein Gott, was ist das? Und dann bin ich irgendwie hoch und weg ... und ... jetzt sind Sie hier."

Der Norddeutsche sieht Matthias eine Weile schweigend an. Dann klopft er ihm plötzlich auf die Schulter und sagt:

„Ok. Gehen Sie erst mal nach Hause und ruhen Sie sich aus. Wir machen das jetzt schon. Sie können sie sich ja dann s-päter mal ansehen – wenn wir sie präpariert haben."

„Sie wird präpariert?"

„Vielleicht. Kommt letztendlich auf's Alter an. Den Kahn haben sie auch wieder hingekriegt. Warten wir es ab."

Damit begleitet er ihn zu einem der Einsatzfahrzeuge der Polizei und reicht ihm zum Abschied seine schmutzige Hand. Matthias denkt an die Hand im Schlamm und greift nur zögerlich zu.

Bei der Polizei muss Matthias noch zweimal erzählen, wie er den Hang runtergerutscht ist und sich direkt in der Toten verfangen hat.

Erst dann ruft er seine Frau Sylvia an und lässt sich von ihr nach Hause fahren, nach Prien.

Unterwegs lässt er das Geschehen noch einmal Revue passieren. Er hatte die Leiche am Westufer des Langbürgner Sees, mitten im Naturschutzgebiet, gefunden. Von daher wundert er sich im Nachhinein, dass er gar nicht gefragt worden ist, was er an dieser Stelle beim See eigentlich gewollt habe.

3

„Und?“, fragt Sylvia ihn, als sie später beim Abendessen sitzen. „Was wolltest du da eigentlich?“

„Schwimmen! Was sonst? Ruhige Plätze sind ja jetzt schon selten, und an der Stelle bin ich vorher noch nie gewesen.“

„Als ob es keine anderen Zugänge zum See gäbe, an denen man leichter ins Wasser kommt. Aber wer weiß, wofür das gut ist. Ich denke, jetzt wirst du berühmt.“

Sylvia soll Recht behalten. Schon am nächsten Morgen steht das Telefon nicht mehr still.

Außer Freunden und Bekannten rufen auch Leute an, die weder Matthias noch seine Frau richtig kennen. Außerdem melden sich so ziemlich alle örtlichen und überregionalen Zeitungs- und Radioredaktionen. Alle wollen Matthias sprechen: „SZ“, „AZ“, „TZ“, „Chiemgau-Zeitung“ ... bald weiß Matthias nicht mehr, mit wem er schon alles gesprochen hat. Nach und nach wird ihm der Presserummel zu viel.

„Wer ist da?“, fragt Sylvia ungläubig. Sie hält die Hand vor die Telefonmuschel und raunt Matthias zu: „Die Bildzeitung!“

Matthias winkt ab. „Sag ihnen, ich bin nicht da."

„Bist du verrückt? Komm her!"

Matthias greift genervt nach dem Hörer und sagt: „Tut mir leid. Sie sind falsch verbunden", und legt auf.

Sylvia starrt ihn entgeistert an und schüttelt verständnislos den Kopf.

Am Samstagnachmittag steht der Rosenheimer Fernsehsender vor der Tür.

Sylvia empfängt das Kamerateam und drängt Matthias, mit den Journalisten zu reden.

„Ok", sagt er. „Das eine Mal, aber dann ist Schluss."

So gibt Matthias sein erstes und letztes Interview vor der Kamera.

Den Abend verbringen sie bei Sylvias Eltern. Zwar haben sie auch dort keine Ruhe, aber Sylvias Vater ist eine Respektsperson, und wimmelt alle Anrufe bravourös ab.

„Woaßt, Matthias?", sagt sein Schwiegervater, „mim Peda hob i scho gred. I glaab, mir kanntn de Sach füa unsa Heimatmuseum gonz guat braacha."

Matthias versteht nicht ganz. Es geht um Sylvias Onkel Peter, den Bruder ihres Vaters, welcher Leiter des Priener Heimatmuseums ist.

„Des kennst vo andre Gegenden a“, erklärt er. „De Moorleichen, de wern supa präpariert und kennan nahat a ausgschtäid wern. Des war a supa Sach füa Prean.“

„Ausstellen? Vielleicht sollte man sie einfach beerdigen.“ Die Vorstellung, dass diese Leiche weiterhin präsent sein könnte, ist Matthias alles andere als geheuer.

„Na ja, du ois Finder bist jo praktisch quasi da Eigentümer vo dera Leich, aba s'war scho guat a so.“

„Ich soll der Eigentümer davon sein?“, will Matthias wissen.

„Wer denn sonst?“, mischt Sylvia sich ein.

„Woaßt, a so a Leich kriagt meist den Nom vom Fundort. Z'Schongau homs in de fuffzger Johr so a Leich aussizong, und de is bekannt ois de ‚Rosalinde vo Peiting‘. Unsa Leich kannt leicht de ‚Baierin vo Prean‘ wern, oder? Ausgschtäid in unsam Heimatmuseum – mit dir ois Finder, säibstverständlich. A super Gschicht füa Prean, wia gsogt.“

„Na ja, eigentlich gehört sie doch nicht nach Prien, oder?“, wendet Matthias ein. „Das Gebiet, in dem ich sie gefunden habe, das gehört doch zur Gemeinde Rimsting – oder ist das schon Endorf?“

„Is jo a wuascht!“ Sylvias Vater ist in solchen Dingen pragmatisch. „Des war beim Ötzi a ned anderscht. Dea, wo's find, dea schafft o! Und außerdem hom de Rimschtinger koa Heimatmuseum ned. Wos daten de mit dera Leich?"

Matthias ist überhaupt nicht wohl bei dem Gedanken, sich womöglich neben einem solchen Exponat zu präsentieren, aber er weiß, dass es wenig Sinn hat, sich Sylvias Familie in den Weg zu stellen.

Am Sonntagmorgen klingelt es schon um halb neun an der Tür.

Sylvia bedient die Gegensprechanlage.

„Wer ist da?"

„Guten Morgen. Entschuldigen Sie bitte die Störung. Wir hätten gerne Herrn Matthias Staudacher gesprochen. Wir sind vom ‚Bayerischen Rundfunk.'"

Sylvia starrt ungläubig auf den Lautsprecher.

„Ok!", sagt sie, „Dritter Stock. Kommen Sie rauf!"

Sie drückt den Summer.

Matthias steht schon hinter ihr.

„Bist du wahnsinnig? Mir reicht es. Ich hab alles gesagt. Und außerdem gehen wir jetzt in die Kirche."

„Stell dich doch nicht so an. Das ist Bayern 3, der Himmel kann warten!"

Doch Matthias greift wortlos nach seinem Janker, setzt sich seinen Trachtenhut auf und stampft an Sylvia vorbei ins Treppenhaus.

Sylvia hält ihn am Ärmel fest.

„Die Anfragen nach Fremdenzimmern für die nächsten Wochen sind extrem gestiegen. Prien ist ausgebucht. Jetzt kannst du endlich auch mal was für deine Gemeinde tun."

Doch Matthias zieht nur die Mundwinkel hoch und macht sich auf den Weg.

„Wenn du es nicht tust, dann mach ich es für dich", ruft Sylvia ihm hinterher. Matthias zieht sich seinen Hut tiefer ins Gesicht und nimmt die Treppe nach unten. An der Tür grüßt er die Kabelträger mit einem freundlichen ‚Servus' und geht davon.

Der Gamsbart an seinem Hut wackelt hin und her, als winke er fröhlich zum Abschied.

So kommt Sylvia in die Rundschau.

„Das alles hat meinen Mann ein wenig mitgenommen", lächelt sie souverän in die Kamera. „Er braucht jetzt ein bisschen Ruhe. Aber ich kenne die Umstände mittlerweile ja genauso gut. Also freitags kann er meistens schon mittags Feierabend machen, er arbeitet ja im Rathaus hier in Prien, und dann fährt er gerne in die Natur, mit dem Fahrrad, so auch am letzten Freitag ..."

Tatsächlich erlebt Prien in den darauffolgenden Tagen eine kleine Invasion. Ganze Busse von Touristen aus ganz Bayern mieten sich bei den Hotels,

Pensionen und Bauernhöfen ein und wollen so nah wie möglich an den Fundort der Leiche heran, obwohl es dort längst nichts mehr zu sehen gibt.

Auch im Büro hat Matthias keine ruhige Minute. Er ist Angestellter beim Grundbuchamt der Gemeinde, und auch dort klingelt das Telefon in den Tagen danach öfter als sonst das ganze Jahr.

Nach einer Woche aber ebbt das akute Interesse erst mal ab. Man wartet gespannt auf die Ergebnisse der gerichtsmedizinischen Untersuchung der Leiche.

Es ist schon früh durchgesickert, dass Matthias auf die Leiche einer jungen Frau gestoßen ist, und dass es sich nicht um einen prähistorischen Fund handelt, sondern eher um einen Fall, der gar nicht allzu weit in der Vergangenheit liegt.

Knapp zwei Wochen nach dem Vorfall schildert die „Süddeutsche Zeitung“ die Ereignisse in einem längeren Artikel auf Seite drei, und am 28. Juli werden dann die grundsätzlichen Ergebnisse der forensischen Untersuchung veröffentlicht, die Folgendes ergeben hat:

Es handelt sich bei der Leiche um eine junge Frau, die seit etwa 130 Jahren an dieser Stelle im Uferbereich des Langbürgner Sees gelegen hat.

Offenbar ist sie keines natürlichen Todes gestorben: Ihre Wirbelsäule wurde im Brustwirbelbereich durch massive Gewalteinwirkung von hinten durchtrennt. Diese erhebliche Verletzung ist ihr höchstwahrscheinlich durch eine Axt oder ein ähnliches Werkzeug zugefügt worden und muss zum sofortigen Tod geführt haben. Sonstige Verletzungen weist sie nicht auf.

Ob sie am Fundort ermordet wurde oder erst dorthin gebracht worden ist, konnte jedoch nicht geklärt werden. Sie muss aber ziemlich direkt nach ihrem Tod an diese Stelle verschleppt worden sein. Dies kann man anhand der verschiedenen Phasen der Verwesung, die ihr Körper durchlaufen hat, rekonstruieren. Die Leiche hat zunächst im Wasser gelegen und ist dort offenbar unter mehreren größeren Steinen, die ziemlich sicher aus dem angrenzenden Waldstück stammen, begraben worden. Unter dem Gewicht der Steine sank sie relativ schnell in den an dieser Stelle seinerzeit sehr weichen Untergrund des Sees ein, bis sie nach einigen Jahren etwa einen halben Meter tief im Uferschlamm gelegen hat.

Dadurch ist sie nahezu luftdicht abgeschlossen in eine schlammige Masse eingebettet gewesen, wodurch der Verwesungsprozess gestoppt und die Tote über einen großen Zeitraum hinweg konserviert wurde.

Im Laufe der Zeit ist der See in diesem Bereich zunehmend verlandet, was einerseits zu einer stärkeren Vegetation und andererseits zu einer schleichenden Fortsetzung des Zerfallsprozesses führte.

Schließlich ist das Gelände in den letzten Jahrzehnten durch ein Ansteigen des Grundwasserspiegels, in dessen Folge neue unterirdische Strömungen entstanden, wieder aufgeweicht. Außerdem wurden die Steine offenbar auch durch Wurzelbewegungen verschoben, sodass der Körper der Frau wieder angehoben worden ist, und somit zuletzt direkt unter der Oberfläche lag.

Die Frau ist ca. 1,60 m groß und von zierlicher Statur gewesen. Ihr Körpergewicht hat etwa fünfzig Kilogramm betragen.

Sie ist fast vollständig bekleidet mit einem für die damalige Zeit bäuerlichen Gewand aus Baumwolle, einem weiten Rock, einer Schürze sowie einer geknöpften Bluse. Schmuck trägt sie keinen, weder in ihrem blonden Haar noch sonst wo.

Rätselhaft bleibt, dass sie barfuß ist. Ihr Alter zum Zeitpunkt ihres Todes schätzt man auf Mitte zwanzig.

Was man darüber hinaus feststellte, gab dem Fund eine mehr als tragische Wendung:

Die unbekannte Tote war schwanger gewesen! – wahrscheinlich Ende vierter, Anfang fünfter Monat.

Nicht zuletzt diese Tatsache bringt den Fall kurzzeitig wieder in die nationalen Schlagzeilen: Vor 130 Jahren hat jemand eine junge Bäuerin, die zudem schwanger war, hinterrücks erschlagen und im Langbürgner See verschwinden lassen.

Wildeste Spekulationen machen sofort die Runde. Die gewagteste unter ihnen ist die, dass es sich um eine bäuerliche Geliebte von König Ludwig II handele. Es wird behauptet, dass der König zu der in Frage kommenden Zeit schon mit den Vorbereitungen zum Bau von Schloss Herrenchiemsee befasst gewesen ist. Bekanntermaßen reiste der König des Öfteren aus München an den Chiemsee, um sich vor Ort ein Bild von der Lage der Insel zu machen. Dabei ist die Frage, wo er wann übernachtet hat, auch unter Historikern schon immer heftig umstritten gewesen. Jetzt finden sich plötzlich Zeitgenossen, die Stein und Bein schwören, ihre Großeltern hätten ihnen von nächtlichen Ausflügen des Königs ins Hinterland erzählt. Hierbei sei Ludwig seinem Volk, bevorzugt dessen weiblichen Vertretern, wohl auch manches Mal zu nahe gekommen. Die Folgen solcher Eskapaden habe man halt unter Umständen auf wenig königliche Art und Weise beseitigt.

Unbeeindruckt von diesen und ähnlichen Schauergeschichten sowie anderen Gerüchten, durchforsten die Behörden alle ungeklärten Fälle von Mord oder Verschwinden einzelner Personen in der fraglichen Zeit. Es dauert auch nicht lange, bis man der Öffentlichkeit die im Vergleich zur Ludwigsmätresse unspektakuläre, aber dennoch wahrscheinlichste Lösung des Falles präsentieren kann.

Zwischen 1860 und 1880 sind in den Landkreisen Rosenheim und Traunstein genau 28 Menschen als vermisst gemeldet worden und nie mehr aufgetaucht. Nur einer dieser Fälle passt genau auf die Leiche im Moor:

Anna Wimmer, damals 26 Jahre alt, verschwand am 4. Juli 1869 spurlos. Noch im gleichen Jahr wurde ihr Ehemann, Franz Wimmer, aufgrund von Indizien des Mordes an ihr für schuldig befunden und zu 25 Jahren Zuchthaus verurteilt. Das Ehepaar hat seinerzeit auf dem Grubner Hof gelebt, nur wenige Minuten Fußweg von der Fundstelle der Leiche entfernt. Der mutmaßliche Mörder erhängte sich nur wenige Jahre später in seiner Zelle, was man allgemein als Schuldeingeständnis gewertet hat.

Der Grubner Hof hat über all die Jahre seinen Namen behalten. Dort hat Matthias den Fund der Leiche gemeldet, und an jenem Ort hatte Anna Wimmer auch gelebt.

Für die offiziellen Stellen ist der Fall Wimmer aus dem Jahre 1869 damit geklärt. Weitere Informationen zu dem Mordfall werden zumindest von Seiten der Behörden nicht mehr veröffentlicht.

Die örtliche und überregionale Presse bemüht sich jedoch, den Fall in ihren eigenen Archiven zu recherchieren. Und tatsächlich finden sich nach und nach einige Zeitungsartikel aus dem 19. Jahrhundert, mit denen man für die Öffentlichkeit die äußeren Umstände des Falles weitgehend rekonstruieren kann.

Am Freitag, dem 9. Juli 1869, hat der „Landbote" auf einer halben Seite ausführlich über das spurlose Verschwinden einer gewissen Anna Wimmer berichtet.

Anna Wimmer, Frau des Franz Wimmer vom Grubner Hof, liest man dort, würde seit dem Sonntag der betreffenden Woche vermisst. An diesem Tag, dem 4. Juli 1869, sei sie nach Mittag in den Wald gegangen, dem Vernehmen nach, um Kleinholz zu schlagen. Es könne durchaus sein, dass sie von dem abendlichen Unwetter an diesem Tag überrascht worden sei und deshalb verunglückte.

Freiwillige aus der ganzen Gegend hätten tagelang die nähere Umgebung abgesucht. An den Suchaktionen habe sich das halbe Dorf beteiligt.

Die Vermisste sei 26 Jahre alt und Mutter einer kleinen Tochter, Elisabeth, im Alter von einem halben Jahr gewesen.

In den alten Berichten werden die Vermisste und ihre Kleidung beschrieben und die Leser aufgefordert, etwaige Beobachtungen, die mit ihrem Verschwinden in Zusammenhang stehen könnten, zu melden.

Die Beschreibung der Person passt fast exakt auf die Erkenntnisse der gerichtsmedizinischen Untersuchung der Leiche aus dem Langbürgner See.

Wenige Tage später hat das gleiche Blatt berichtet, dass die Suche nach Anna Wimmer erfolglos verlaufen sei.

Man habe weite Teile des Waldes rund um den heimatlichen Hof durchkämmt und auch die umliegenden Seen mit Booten auf irgendwelche Spuren der Vermissten abgesucht. Daran hätten sich neben den Polizisten Dutzende von Verwandten und Bekannten der Familie beteiligt, selbst der Priener Bürgermeister Thanner sei unter den Freiwilligen gewesen. Der Ehemann und die Familie der Anna Wimmer seien ganz außer sich und hätten eine Fortsetzung der Suche gefordert, aber auf Anraten der Polizei habe man diese zwei Wochen nach dem Verschwinden eingestellt.

Man gehe davon aus, dass man im Falle eines Unglücks irgendwelche Spuren gefunden hätte. Da dies aber nicht der Fall gewesen sei, würde man nicht ausschließen, dass Anna Wimmer freiwillig verschwunden sei und unter bislang ungeklärten Umständen wahrscheinlich das Land verlassen habe.

„Sieh an: Der Bürgermeister Thanner!“, sagt Matthias, nachdem er die Zusammenstellung der Artikel zusammen mit Sylvia gelesen hat.

Seine Frau Sylvia ist eine geborene Thanner. Ihre Familie lebt seit Generationen in Prien und hat fast immer eine wichtige Rolle im öffentlichen Leben der Marktgemeinde gespielt. Der Vorfahre von ihr, der hier erwähnt wird, war nicht der einzige Bürgermeister aus der Linie der Thanners. Auch später noch taucht der Familienname immer wieder im politischen Geschehen der Gemeinde auf. Auch im geschäftlichen Leben in und um Prien herum ist die Familie Thanner fest verankert.

„Ich bin sicher, der steht doch auch in eurem Stammbaum, oder?“

„Klar“, nickt Sylvia, die ihre Familiengeschichte sehr genau kennt, „das muss der Bürgermeister Andreas Thanner gewesen sein. Es gab auch noch einen anderen Andreas Thanner, der hat am bayerischen Volksaufstand Anfang 17-hundert-irgendwas teilgenommen und ist in der Sendlinger Bauernschlacht gefallen. Aber der hier, der war zu der Zeit, als diese Anna Wimmer verunglückte, tatsächlich Bürgermeister von Prien – und ich glaube, der ist auch gefallen, nämlich im Krieg gegen Frankreich.“

Sie zieht ihr Familienbuch aus dem Regal und blättert ein wenig hin und her.

„Hier“, sagt sie, „hab ich ihn: Andreas Thanner, geboren am 2. Dezember 1837 in Prien, studierte in München und war ab 1866 Bürgermeister – er war noch keine dreißig, ganz schön jung damals. 1870/1871 diente er dann im Krieg und wurde bei Paris im Januar 1871 vermisst, mit 34 Jahren. Ist nicht alt geworden.“

Damit schiebt sie das Buch wieder ins Regal. „Ich glaube, dass an der Kirche so eine Inschrift ist, mit all den Gefallenen und so, und da steht er, mein ich, auch drauf.“

4

Der nächste Artikel, den man über den Fall Wimmer findet, ist am 21. Juli 1869 erschienen und gibt dem Fall eine überraschende Wendung.

Der „Landbote“ berichtete am 21. Juli 1869, dass in der Tenne des Grubner Hofes ein blutverschmiertes Beil gefunden worden ist. Der Bauer, Franz Wimmer, habe das Beil selbst zwar als sein eigenes identifiziert, aber die Blutspuren daran habe er nicht erklären können.

Dies lege den Verdacht nahe, dass die vermisste Anna Wimmer Opfer einer Gewalttat geworden sein kann. Weiter schrieb das Blatt, dass unmittelbar nach ihrem Verschwinden am 4. Juli natürlich auch der Hof selbst nach ihr abgesucht worden sei. Dabei habe man unter anderem auch stark verschmutzte Kleidung gefunden, die Franz Wimmer gehöre.

Die Verschmutzungen seien so frisch gewesen, dass sie vom Sonntag, dem Tag des Verschwindens, stammen mussten.

Man unterstellte deswegen, dass Franz Wimmer seine Frau mit dem in der Tenne gefundenen Beil erschlagen und ihre Leiche anschließend im Wald verschwinden lassen hat.

Von daher sei er wegen Mordverdachts festgenommen worden.

„Ja, das ist seltsam, dass ein Bauer sich am heiligen Sonntag so dreckig macht.“

Matthias stammt selbst von einem kleinen Bauernhof am Samerberg, wo er mit ein paar Kühen und drei Schweinen groß geworden ist. Ende der siebziger Jahre ist die Viehwirtschaft stark zurückgegangen und war bald nicht mehr rentabel. Von der verbleibenden kleinen Landwirtschaft konnte die fünfköpfige Familie irgendwann nicht mehr leben. Sein jüngster Bruder hat den Hof übernommen und wie viele andere Bauern in der Umgebung fing auch er in den achtziger Jahren an, den Hof umzubauen und teilweise zu vermieten. Heute lebt der Hof fast ausschließlich und mehr schlecht als recht von der Vermietung von Fremdenzimmern.

Eine Woche später tauchen aus einer anderen Quelle zwei weitere Veröffentlichungen zu dem Fall auf.

Die „Traunsteiner Zeitung“ berichtete am Montag, dem 15. November 1869 unter der Überschrift „Mord ohne Leiche“ kurz über den Gerichtsprozess gegen Franz Wimmer.

Franz Wimmer habe in der Verhandlung vor dem Amtsgericht Traunstein heftigst seine Unschuld beteuert. Seiner Aussage nach sei er am Tag des Verschwindens seiner Anna, also am Sonntag, dem 4. Juli 1869, ab Mittag bei der Feldarbeit und später beim Wirt gewesen. Dort sei viel getrunken worden, und wegen seines Rausches könne er sich an keine weiteren Einzelheiten aus dieser Nacht erinnern.

Die äußeren Indizien aber sprächen deutlich gegen ihn, so die Zeitung. Die mutmaßliche Tatwaffe sei bei ihm gefunden worden, und außerdem habe er erst vor wenigen Monaten eine nicht unbeträchtliche Versicherung auf das Leben seiner jungen Frau abgeschlossen. Dies alles würde den dringenden Verdacht nahelegen, dass er seine Frau ermordet habe, um sich so zu bereichern. Die Leiche habe der Täter höchstwahrscheinlich im nahen See versenkt, so dass es unmöglich sei, sie zu finden.

Schließlich habe das Gericht auch gewichtige und verlässliche Zeugenaussagen gehört, die den Angeklagten allgemein massiv belastet hätten.

Franz Wimmer sei des Mordes an seiner Frau Anna Wimmer für schuldig befunden und zu einer Zuchthausstrafe von 25 Jahren verurteilt worden.

„Kurzer Prozess", sagt Sylvia.

Sie ist selber Juristin und arbeitet als Beraterin für einen internationalen Konzern.

In Prien aufgewachsen und zur Schule gegangen,

hat sie direkt nach ihrem Abitur das Jura-Studium in München begonnen. Zwar hat sie damals eine Wohnung in der Landeshauptstadt bezogen, aber so oft sie konnte, verbrachte sie die Wochenenden bei ihren alten Freunden und ihrer Familie in Prien.

Bei einem ihrer Heimaturlaube hat sie Matthias kennengelernt.

Sie trafen sich auf einem Faschingsball, wie Romeo und Julia. Für ihn ist es – wie er auch heute noch meint – ‚Liebe auf den ersten Blick' gewesen, für Sylvia eher nicht. Sie war es damals gewohnt, dass alle jungen Männer in ihrer Umgebung sie kannten, weil einem die Thanners einfach ein Begriff sein mussten. Aber Matthias kam vom Samerberg, und dort waren andere Dinge wichtiger als die Priener Schickeria. Er kannte sie nicht, und allein das machte ihn wohl schon zu einer interessanten Ausnahmeerscheinung. Vielleicht ist es wirklich nur deswegen, oder aber auch nur wegen dem Alkohol und dem Spaß, den sie an diesem „Kehraus" hatten, passiert, jedenfalls wusste Sylvia zu Ostern definitiv, dass sie schwanger war und dass nur Matthias der Vater ihres Kindes sein konnte.

„Um Gotts Wuin! Kind!", hat ihre Mutter gesagt. „Wos füra Schand? Wos derma'n jezz?"

Auch ihr Vater ist anfangs geschockt gewesen: „Wos wern d'Leit song?", war für ihn die wichtigste

Frage, aber an Pfingsten sagte er mehr oder weniger öffentlich, nämlich im Familienkreis, dass der liebe Gott sich über jedes Kind freue.

„Aba heirodn, des miasats scho."

Sylvia hat nur zaghaft widersprochen. Bevor sie sich einer Familie widmen könne, hat sie gesagt, wolle sie eigentlich erst studieren und etwas für die Gesellschaft leisten. Aber da Matthias sich schnell auf die Seite seiner zukünftigen Schwiegereltern stellte, ist sie mit diesem Ansinnen nicht weitergekommen.

„Des Kind bringma scho auf d Wäid", hat ihre Mutter gemeint. „Und des seng ma nahat scho", ergänzte ihr Vater.

Als sie in St. Florian vor dem Altar standen, war Matthias überglücklich. Sylvia hat schon die ersten Kindsbewegungen in ihrem Leib gespürt und wäre am liebsten davongelaufen.

Die alten Thanners haben dem jungen Paar eine angemessene Wohnung in Prien zur Verfügung gestellt. Matthias erhielt eine Stelle in der örtlichen Gemeindeverwaltung, im Grundbuchamt, und Sylvia ist hin und wieder zu Vorlesungen nach München gefahren.

An einem Wochenende im Frühsommer ist die Tragödie geschehen:

Sylvia wachte gegen vier Uhr früh auf und spürte ein starkes Ziehen in der Bauchgegend. Sie stand auf und wollte in die Küche gehen, aber sie kam nicht weit, denn ihre Beine versagten ihr den Dienst. Als Matthias aufwachte, hat sie auf den Bettpfosten gestützt direkt neben ihm gestanden. Sie bat ihn, ihr ein Glas Wasser zu bringen. Sie habe wahnsinnigen Durst und schwitze stark.

Matthias sprang aus dem Bett, und noch bevor er wieder bei ihr war, hatte sie massive Bauchkrämpfe und konnte sich nicht mehr aufrechthalten. Matthias hat sie auf die Arme genommen und sie zurück ins Bett legen wollen. Dabei hat er die Blutlache auf dem Fußboden bemerkt. Matthias ist damals sofort zum Telefon gestürzt.

Als der Notarzt eintraf, ist Sylvia fast nicht mehr ansprechbar gewesen.

Sie hatte erhebliche Blutungen und fieberte schweißgebadet vor sich hin.

Dann ist alles sehr schnell gegangen. Die Sanitäter brachten sie zu dem wartenden Krankenwagen. Matthias ließ sie nicht aus den Augen. Er hielt ihre Hand, bis man sie ihm vor der Notaufnahme entriss.

Das Kind konnte jedoch nicht gerettet werden.

Es hat Wochen gedauert, bis Sylvia sich wieder erholt hatte, zumindest körperlich.

Die Ärzte erklärten ihnen, sie habe eine spontane Fehlgeburt erlitten, wahrscheinlich ausgelöst durch einen Chromosomendefekt des Kindes. Das sei die häufigste Ursache für solche Abgänge, auch wenn beide Elternteile vollkommen gesund seien.

Sylvia ist in ein tiefes, schwarzes Loch gefallen. Sie unterbrach ihr Studium für ein ganzes Jahr. Matthias ist seiner Arbeit nachgegangen und hat ihre Depressionen klaglos ertragen.

An eine erneute Schwangerschaft ist nicht zu denken gewesen. Nicht, dass die Ärzte ihnen davon abgeraten hätten, aber Sylvia hat sich mehr und mehr von Matthias abgewandt, und mit der Zeit lebten sie sich fast vollständig auseinander. Aus Sylvias Sicht war mit dem Kind der eigentliche Grund für ihre Heirat „abgegangen“, und sie dachte beinahe täglich an eine Trennung. Damit hätte sie sich aber innerhalb ihrer eigenen Familie isoliert.

„A Gschiedene“ ist in der Familie Thanner gleichbedeutend mit „eine Aussätzige“.

So blieben Matthias und Sylvia Staudacher zusammen, aber kinderlos.

Matthias litt unter ihrer Lebenssituation zunehmend. Sylvia hingegen schien sich nach und nach damit abgefunden zu haben, und irgendwann ging es mit ihr wieder aufwärts.

Nach einem Jahr stürzte sie sich mit neuer Energie in ihr Studium und holte die verlorene Zeit schnell auf. Meist blieb sie während der Woche in ihrer Wohnung in München, während Matthias in Prien lebte. Ihre Ehe fand von da an nur noch auf dem Papier statt. Natürlich redeten die Leute über das Paar, aber man konnte die Lebensumstände plausibel erklären.

Mit 26 Jahren hat Sylvia ihr Studium mit Auszeichnung abgeschlossen, und als sie 28 war, hat sie als Frau Dr. Staudacher einen gutbezahlten Job als Unternehmensberaterin in einem amerikanischen Großkonzern gefunden.

Matthias hat irgendwie gehofft, dass sie nach ihrem Studium wieder mehr Zeit zusammen verbringen könnten, aber seitdem ist das Gegenteil passiert.

Ihre Arbeit führt Sylvia inzwischen in aller Herren Länder, oft auch in die USA, was sie jedes Mal aufs Neue fasziniert. Oft sehen sie sich nur noch zwischen Freitagnachmittag und Montagmorgen. Sylvia liebt nur noch ihren Beruf, und Matthias fügt sich. Im Prinzip lebt jeder sein eigenes Leben und klagt nur wenig.

Aber Anna Wimmer bringt sie jetzt irgendwie wieder näher zusammen.

Alle reden über den Fall, natürlich auch Matthias und Sylvia, die durch diesen Fund das erste Mal seit Monaten wieder ein gemeinsames Thema haben.

Der letzte Bericht über den Fall Wimmer ist zwei Jahre nach dem Prozess gegen Franz Wimmer erschienen, am Freitag, dem 28. April 1871. Kurz und knapp berichtete die „Traunsteiner Zeitung".

Der vor zwei Jahren wegen Mordes an seiner Frau verurteilte Mörder Franz Wimmer habe sich im Zuchthaus mit seinem Gürtel erhängt. Wimmer habe zwar immer seine Unschuld beteuert, aber mit dieser Tat habe er wohl ein spätes Geständnis abgelegt. Der Artikel schließt mit den Worten: „Möge der Allmächtige seiner Seele gnädig sein".

„Hm", sagt Sylvia und legt den Bericht über die aufgetauchten alten Zeitungsartikel zur Seite. „Interessante Geschichte! Tragisch, aber interessant."

„Und damit dürfte der Fall dann ja wohl endgültig geklärt sein; nach 130 Jahren!", sagt Matthias. „Ich hoffe, dass wir dann wieder unsere Ruhe haben."

„Ruhe ist Stillstand", widerspricht Sylvia. „Ich denke, wir sollten jetzt langsam anfangen, das Ganze aktiv zu nutzen."

„Wie meinst du das? Was gibt es da zu nutzen."

„Na, du hast doch auch gemerkt, dass die Leute sich für solche Geschichten interessieren, oder? Je blutiger, desto besser. Ganz Prien hat doch davon profitiert. Wir waren in der Woche nach dem Fund ausgebucht. Es gibt hier Menschen, die leben davon, dass andere Leute hierherkommen. Berge und Seen gibt es auch woanders, aber so eine Moorleiche hat nicht jeder."

„Gut, wenn du das meinst, aber für die Publicity wird dein Onkel Peter doch schon sorgen, oder?"

„Sicher, der macht das schon. Der wartet darauf, dass sie uns die präparierte Leiche hierherbringen und stellt sie ins Heimatmuseum. Aber das ist nicht genug, verstehst du? Wir müssen auch aktiv was tun, um das Interesse der Öffentlichkeit wachzuhalten. Wir brauchen eine Geschichte, am besten eine Fortsetzungsgeschichte."

„Eine Geschichte? Wie meinst du das?"

Matthias kann ihr nicht so recht folgen, und dann wird Sylvia immer ein wenig ungeduldig.

„Sieh mal", erklärt sie. „Immer, wenn ein Skandal oder sonst etwas Ungewöhnliches passiert, ist die Aufregung am Anfang groß. Die Medien berichten, die Leute sind interessiert, aber spätestens nach einer Woche ebbt die Aufmerksamkeit erstmal ab. Nach zwei Wochen legen die Zeitungen noch mal nach – man erinnert sich ja noch – aber dann ist normalerweise spätestens vier Wochen nach dem Fall der Ofen aus, kein Interesse mehr."

„Gott sei Dank!", meint Matthias.

„Schmarrn, ‚Gott sei Dank'. Wir brauchen das Interesse der Medien, und dazu müssen wir die Sache am Laufen halten."

„Wie sollen wir das tun? Der Fall ist geklärt. Was soll es hier noch Neues geben?"

„Der Fall ist vielleicht schon geklärt, aber haben wir deshalb eine greifbare Geschichte? Etwas, womit die Leute sich identifizieren können? Wir wissen doch noch lange nicht alles. Zum Beispiel frage ich mich, was wohl aus dem Kind geworden ist."

Sylvia schaut ihn fast vorwurfsvoll an.

„Aus dieser Elisabeth?"

„Klar! Die war ein halbes Jahr alt, als die Mutter verschwand, und dann ist auch der Vater weg gewesen."

„Irgendjemand wird das Kind schon genommen haben. War ja sicher Verwandtschaft da, und Kinderheime gab's damals auch schon."

„Verwandtschaft! Wahrscheinlich ist sie bei Verwandten aufgewachsen", entscheidet Sylvia.

„Oder ist sie am Ende auf dem Hof geblieben? Den muss ja danach auch jemand übernommen haben."

Sylvia steht auf und kommt kurz darauf mit einem dicken gelben Buch zurück.

„Das Heimatbuch. Hier haben wir doch die Geschichten aller Höfe in und rund um Prien."

Nach kurzem Blättern findet sie den Grubner Hof.

„Seit 1705 nach Plünderungen durch die Husaren im Besitz der Familie Wimmer", liest sie vor. „Hier: Die letzten Wimmers waren die Eheleute Franz und Anna Wimmer, bis 1869, dann wird der Hof übergeben, und zwar einer Barbara Wimmer, die 1870 einen Lorenz Heumann heiratet. Kein Wort von einer Elisabeth."

Matthias schaut ihr über die Schulter.

„Gut, und die Heumanns halten den Hof bis heute. Der Hofname Grubner hat sich über all die Jahre erhalten."

„Das ist ja nicht so selten. Aber du weißt ja besser als ich, dass die Bauern oft auch noch eigene Geschichten über ihren Hof kennen. Vielleicht sollten wir bei den Heumanns einfach mal nachfragen, ob die was über das Kind wissen."

„Na ich weiß nicht. So wichtig ist es doch auch wieder nicht", sagt Matthias.

„Doch!", sagt Sylvia bestimmt. „Das ist jetzt wichtig."

Und dabei zieht sie ihre Augenbrauen zusammen, wie sie es immer tut, wenn sie es ernst meint; und Matthias weiß, dass es jetzt wenig Sinn macht, sich ihr in den Weg zu stellen.

5

Ein paar Tage später sitzt Sylvia in der Küche des Grubner Hofs. Frau Heumann ist etwas über siebzig aber noch sehr robust und beweglich.

„Hod eanan Mo ganz schee mitg'nomma, die G'schicht, gell?“, fragt die Bäuerin und schenkt Sylvia einen Likör ein.

„Säibst o'gsetzt!“

„Wär mir auch nicht anders gegangen. Danke!“, sagt Sylvia und macht das Glas mit einer Kippbewegung leer.

„Pfui Teufel, ist der gut.“

Die Bäuerin lacht und schenkt nach.

„De Zeidungsleit homm den a meng, aba de hob i ned meng.“

„Die können lästig sein, nicht wahr?“

Sylvia ist Anwältin. Sie ist es gewohnt, beinah beliebige Standpunkte einzunehmen.

„Lästig? Schmeisfliagn, hod da Franz Josef oiwei g'sogt, und i glaab, dea hod's kennt.“

Sylvia erinnert sich an den ehemaligen Landesvater und schmunzelt.

„Freilich, aber durch die Zeitungsleute haben wir einiges – sicher das meiste – über den Fall erfahren. Ist ja wirklich eine böse Geschichte gewesen – damals.“

„Des is gwiss."

„Aber wissen Sie? – eine Sache ist doch noch offen geblieben: Wir, also mein Mann und ich, wir haben uns nämlich gefragt: Was ist eigentlich aus dem Kind geworden, dieser Elisabeth?"

Frau Heumann stutzt kurz und sieht Sylvia fragend an. Aber dann lächelt sie und sagt:

„Ja, d'Lisi, de Kloa, ja des is de eigentliche Gschicht gwen. Und de woas i scho."

Sie macht eine längere Pause, knetet ihre Hände und schaut gedankenverloren auf den schwarzweiß gefliesten Fußboden.

Es ist jetzt so still zwischen den beiden Frauen, dass man nur das leise Ticken der Küchenuhr hören kann, und Sylvia wagt es nicht, die Stille zu unterbrechen.

Schließlich macht die Bäuerin einen lauten Seufzer und sagt:

„De Lisi ... ja, des wissma scho ... de is zu iahra Oma kemma."

„Zu ihrer Oma?"

„Freili, weil de hod's a auf'n Hof gschickt, de Anna moan i, und des is ja ned guat ganga, ned."

„Kann man so sagen."

„... und do hod's sich freili Vorwürf gmacht, de Oide. Hod zmindest des Kind wiada g'nomma."

Sylvia kann nicht ganz folgen.

„Die Lisi ist also zu ihrer Großmutter gekommen, nachdem Anna weg war?"

„Ja, genau, auf Greimerschting. Do is aufgwachsen und wos dann woa, des wissma nimma. Aba wos vorher gwen is, des scho."

Sylvia schaut sie fragend an.

„Ja? Und was war vorher?"

Wieder macht die Alte eine kurze Pause, während der sie aus dem Fenster schaut. Dann sagt sie: „Woast? – de Wimmers ham drüber ned redn meng, aba mia ko's ja wuascht sei."

„Freilich. Zum Wohlsein, Frau Heumann", sagte Sylvia und hält ihr Glas Likör hoch.

„I hoas Evi", sagt Frau Heumann.

„Sylvia", lacht Sylvia und trinkt. Evi schenkt nach.

„Dea Wimmer Franz muas a rechta Dummkopf gwen sei, hod mei Großmuada oiwei gsogt. Alloa is a auf'm Hof gwen, bis dass a fast dreisge gwen is und hod oiwei no koa Frau ned g'habt. Wo gibt's n des?"

„Na ja, ich hab mit zwanzig schon geheiratet. Das ist auch nicht besser."

„Freili! Heitzedog is des ois nimma a so. Aba ees hobts a koan Hof, gell?"

Bevor Sylvia antworten kann, spricht sie weiter: „Siggst? – auf so am Hof, do braachst Kinda, Buam, wenn's geht, sunst is a boid weg. Vastehst?"

„Klar."

Evi schenkt nach.

„Und genau so war's beim Franz. Dea hod a Frau braacht, und alloa hätt dea nia oane gfunden. S'Saufen muas a aa scho angfangt hom."

‚Das muss was mit dem Hof zu tun haben', denkt Sylvia und schüttet den nächsten Likör hinunter.

„Jedenfois hod ea so a entfeante Cousine ghabt, de hod a Einseng ghabt mit eam und schickt eam ia Tochter ois Magd. Hod woi gmoant, des geht nahat scho, dea Appetit kummt beim Essen, sogt ma ja a so."

„Kommt mir irgendwie bekannt vor."

Sylvia beginnt die Verhältnisse langsam zu verstehen, trotz oder gerade wegen des Likörs.

„Und das war die Anna?", fragt sie.

„Sog i doch. Oana geht no, oda? Und de war damois grod sechzehne."

„Oh!"

„A Joa spaada hams scho gheirat. Dann ist des Kind kumma und dann hodda's daschlong, de Anna, unfassba, gell, a rechter Dummkopf, wia mei Großmuadda gsogt hod."

„Und deine Großmutter? – Wer war des?"

„Ja mei, mei Oma, de is 1872 auf'd Wäid kumma. Do hod da Franz scho nimma glebt, aber de hod's gwusst vo eara Muadda, und des war a Schwester vom Franz."

„Barbara!", stößt Sylvia hervor, denn das weiß sie noch aus dem Eintrag im Heimatbuch.

„Genau, de Bärbel", sagt Evi und schenkt nach.

„Und die Barbara hat dann den Hof übernommen, nachdem der Franz ...", sie greift sich mit der einen Hand an die Gurgel, während sie mit der anderen den nächsten Likör hinunterkippt.

„Jawoi!", sagt Evi und macht die Gläser wieder voll. „Und de hod dann glei den Heumann gheirat, und seitdem is dea Hof beim Heumann, aber den Hofnam, beim Grubner, den hod's dahoitn, is a recht a so."

Sylvia muss aufstoßen. Evi schaut in die Ferne, als sähe sie ihre Großmutter wieder vor sich.

„Dem Kind aba, dem hod's an andern Nam gem, de Oide, weil auf dem Nam Wimmer ist natürli scho a Fluach g'leng."

Sylvia horcht wieder auf – so gut sie es noch kann.

„Ah so, des Kind hat dann nimmer Wimmer gheissen."

„Na, die Oma hod's doch gnumma und wia a eigens Kind aufzong, z'Greimerschting. Und de hod

Dreier gheisen, Hanni Dreier. Weil den Nam vo am Mörder hod des Kind ned ham soin."

„Verstehe", sagt Sylvia und hält die Hand über ihr Glas, bevor Evi nachschenken kann. „Darf ich mal telefonieren? Ich glaub' ich kann jetzt nicht mehr fahren."

„A woher denn? – vo dem bisserl Likör! Dea is gsund."

Kurz darauf steht Matthias wieder im Grubner Hof; diesmal um Sylvia abzuholen. Sylvia ist noch „auf'm Hais'l", sagt die Bäuerin, als sie zusammen in der Stube stehen.

„Schön haben Sie es hier. Fast wie bei mir zu Haus, früher", sagt Matthias und betrachtet die Bilder an den Wänden. Allesamt typisch alpenländische Malerei, Stillleben aus bäuerlicher Küche, Hirsche vor großer Kulisse, Männer mit Pfeifen, Kinder in Tracht vor Seen und Bergen.

„Ja, mir sann recht zfrieden", sagt die Bäuerin. „Mengs vielleicht an Schnaps?"

„Danke, wir müssen gleich weg", sagt Matthias und studiert interessiert eines der Bilder an der Wand.

„Tut mir leid, dass ich dich her bemühen musste", sagt Sylvia, die plötzlich den Kopf ins Zimmer hereinstreckt und sich am Türpfosten festhält.

„Der letzte Schnaps – der war wohl einer zuviel."

„Na, ees junga Leit vatrogts ja goa nix mea", sagt Evi. „Ned amoi so an Likör, und den hob i säibst o'gsetzt."

Als Sylvia dann neben Matthias im Auto sitzt, hat sie Mühe, sich geradezuhalten.

„Mein Gott, konnte die trinken, und man hat ihr nix angmerkt."

Matthias lacht: „Mir hat sie damals auch direkt ein paar Schnäpse hingestellt."

„Aber die hat alles gwusst. Ich hab's ja gsagt, die Bauern, die kennen ihre Gschicht meist am besten", lallt Sylvia.

„Was hat sie denn erzählt? Von dem Kind?"

Sylvia kann ihre Augen kaum noch aufhalten und murmelt: „Lisi, hat's g'heissen, des Kind von der Wimmer Anna hat Lisi g'heissen, die Dreier Lisi, aus Greimerschting."

Dann fällt ihr Kopf schon zur Seite.

„Was sagst du da? Nicht Wimmer?", fragt Matthias nach einer kurzen Pause. Aber da ist Sylvia schon eingeschlafen und schnarcht leise vor sich hin.

„Elisabeth Dreier aus Greimharting?", sinniert er. „Hm, der Name kommt mir bekannt vor ... und das Bild, das hab ich auch schon mal irgendwo gesehen. Wo nur?"

Der nächste Morgen ist ein Sonntagmorgen. Matthias sitzt am Schreibtisch über Papierbögen und Büchern, als Sylvia gähnend neben ihm auftaucht und sich den Kopf kratzt.

„O wei, wie bin ich gestern nur ins Bett gekommen?"

„Ich hab dich tragen müssen. Du hättest auch im Auto geschlafen, so wie du geschnarcht hast."

„Ach ja? Na ja, der Schnaps, der war echt gut."

„Likör!", korrigiert Matthias sie. „Und der hat sich auch gelohnt."

Er zeigt Sylvia mit dem Finger eine Stelle auf einem der Papiere.

„Bevor du gestern eingeschlafen bist, hast du noch gesagt, dass das Kind von der Anna Wimmer Elisabeth Dreier geheißen hat und aus Greimharting war."

„Richtig. Das hab ich gesagt", gähnt Sylvia.

„Und hier! Siehst Du? Ich hab gewusst, dass ich den Namen schon mal irgendwo gesehen hatte, und hier in unserem Stammbaum habe ich ihn gefunden: Elisabeth Staudacher – ihr Mädchenname war Dreier – geboren am 5. Dezember 1868 in Greimharting, heiratet am 15. April 1894 einen

Erasmus Staudacher vom Samerberg. Und das war mein Urgroßvater!"

„Ich werd verrückt. Und die war tatsächlich ein halbes Jahr alt, als Anna Wimmer verschwand. Wenn das ihre Tochter wäre ..."

Sylvia ist schlagartig hellwach und rutscht mit dem Finger auf dem Stammbaum eine Generation höher.

„Sie war das Kind von Max und Johanna Dreier aus Greimharting, steht da. Die Mutter von der Anna – das hat die Heumann gesagt – hieß Hanni."

„Verwirrend", sagt Matthias. „Dann muss es sich doch um eine andere Elisabeth handeln, vielleicht eine Schwester von der Anna."

„Doch, doch, Hiasl! Das passt zusammen", triumphiert Sylvia, und versucht sich an das zu erinnern, was Evi Heumann ihr erzählt hat.

„Die Anna war eine geborene Dreier, ihre Mutter hieß Hanni und war eine entfernte Cousine von Franz Wimmer."

„Und die Großmutter der kleinen Elisabeth", wirft Matthias ein.

„Genau", fährt Sylvia fort. „Jedenfalls hat sie, Hanni, nachdem Anna verschwunden war, das Kind zu sich genommen und wie ein eigenes Kind aufgezogen, in Greimharting!"

„Und ihr den Mädchennamen der Mutter gegeben, weil sie so besser in die eigene Familie passte", vervollständigt Matthias das Bild.

„Klar, das war der Nebeneffekt. Schau dir doch die Geburtsdaten an: Elisabeth ist im Dezember 1868 geboren. Dann war Johanna ... rechne mal mit ... 47, als Elisabeth zur Welt kam. Möglich, aber schon etwas ungewöhnlich für die Zeit. Ich wette, sie war die Großmutter, nicht die Mutter der kleinen Elisabeth."

„Dann hätten wir hier einen Fehler in unserem Stammbaum."

„Mindestens das. Aber das Entscheidende ist doch: Du hättest deine eigene Urgroßmutter aus dem Sumpf gezogen!"

Matthias wird blass und starrt auf seinen Stammbaum. Er zählt mit den Fingern die Verzweigungen ab und sagt dann gedankenverloren: „Ururgroßmutter."

Obwohl diese Erkenntnis so naheliegend ist, hat er daran noch gar nicht gedacht. Aber er ist es gewöhnt, dass Sylvia die Dinge schneller durchschaut als er selbst.

Sie sehen sich schweigend an.

„Wie können wir das klären?", fragt er schließlich.

Sylvia denkt nach. „Wer hat den Stammbaum angelegt?"

„Begonnen hat ihn damals in den dreißiger Jahren der Bruder meines Großvaters: Martin. Der war Beamter bei der Post, und musste seinen Arier-Nachweis erbringen. Aber er hat nur die letzten beiden Generationen berücksichtigt, und bei Johanna Dreier ist er der Linie nicht mehr weiter nachgegangen. Mein Vater hat irgendwann darauf aufgebaut und die Namen weiter zurückverfolgt. Bis 16-hundert-irgendwas ist er gekommen."

„Möglich, dass Martin gewusst hat, dass Elisabeth das Kind eines Mörders war und deshalb dort einfach abgebrochen hat, ..."

„... um seine Karriere als Beamter im Dritten Reich nicht zu gefährden?"

„Kann sein. Aber wenn er es nicht gewusst hat, dann könnte das auch bedeuten, dass Lisi selbst nicht gewusst hat, wer ihre wirkliche Mutter gewesen war."

„Unwahrscheinlich. Dazu haben doch zu viele Leute von der Geschichte gewusst, und so was wird doch nicht verschwiegen."

„In der Familie Wimmer ist es jedenfalls totgeschwiegen worden, sagt die Evi."

„Evi?"

„Die Heumann."

„Aha, gut. Aber wie können wir rauskriegen, wer die Mutter von meiner Elisabeth war: Anna oder Johanna?"

„Na ist doch klar: Im Pfarramt in Rimsting!“, sagt Sylvia, als sei es das Selbstverständlichste der Welt. „Im Taufregister.“

6

Am darauf folgenden Montag ruft Matthias morgens im Büro an und nimmt sich den Tag frei.

In seinen Gedanken ist er allein damit beschäftigt, dass die Frau, die er nach 130 Jahren aus dem Moor gezogen hat, seine eigene Ururgroßmutter gewesen sein könnte. Auf seine Arbeit oder sonstige Dinge kann er sich nun unmöglich konzentrieren.

Gleich am Morgen ruft er im Pfarramt Rimsting an und sagt, er arbeite an einem Stammbaum und brauche Einsicht in die Taufregister.

„Kein Problem“, sagt die Sekretärin. „Wir haben von zehn bis zwölf Sprechstunde.“

Um kurz nach zehn ist Matthias im Pfarramt und wird ins Archiv geführt.

In grauen metallenen Schränken, die bis unter die Decke ragen, bewahrt man hier große, schwere Bücher mit schwarzen Einbänden auf, in denen die Namen der Mitglieder der Kirchengemeinde St. Nikolaus aufgeschrieben sind.

„Für welche Zeit interessieren Sie sich denn?“, fragt die Sekretärin. „Vielleicht etwa 1870?“

„Ja, ziemlich genau”, sagt Matthias. „Wie kommen Sie drauf?“

„Na, Sie sann doch der Staudacher Matthias, der die Leich g'funden hat, die Wimmer Anna, die war doch aus der Zeit, gell?"

„Richtig", sagt Matthias, dem seine Bekanntheit immer noch ein wenig peinlich ist. „Das ist kein Zufall, ich interessiere mich für das Kind der Toten, die Elisabeth."

„Elisabeth! So heiß ich auch. Pauly, Elisabeth Pauly." Sie reicht ihm die Hand.

„Matthias Staudacher."

„I woaß scho", lächelt sie zurück und schüttelt ihm kräftig die Hand.

Frau Pauly streicht mit ihrem Zeigefinger an den schwarzen Buchrücken entlang.

„1850 bis 55, 56 bis 60, ... und hier: 1868 bis 1872."

Sie zieht ein schweres Buch – im Format größer als DIN A4 – heraus und legt es vorsichtig auf den Tisch.

„Chronologisch sortiert. Sie wissen sicher's genaue Datum, oder?"

„Nein, aber darf ich ein wenig darin blättern?"

„Ich mach des scho für eana", sagt Frau Pauly.

„Gut, ungefähr Ende 1868 muss das Kind geboren worden sein."

Frau Pauly ist erstaunlich schnell bei den Einträgen ab Oktober 1868.

„So, was hamma denn hier? Wimmer war der Name, gell?“

„Richtig!“, sagt Matthias.

Frau Pauly hat den Fall wie jeder in der Gegend natürlich genau verfolgt.

„Na! Bis Dezember nix“, sagt sie, nachdem sie mit ihren Fingern über die Einträge in den Spalten hinweggeflogen ist. „Wissens des denn genau, dass des Kind 1868 geboren worden is? In da Zeidung is des ned g'standen.“

„Genau weiß ich es natürlich nicht. Es kann auch später gewesen sein.“

„Weil wissen's? – normalerweis sann de Kinda domois direkt nach da Geburt tauft worden. Zwei, drei Dog normal, wenn'd Mutter wieder hat aufstehen können, schon amal a Woch, aber mehr ned.“

Matthias stutzt. Nach den Einträgen in seinem Stammbaum ist Elisabeth am 5. Dezember 1868 geboren. Außerdem wird in einem der alten Zeitungsberichte sehr wohl erwähnt, dass die kleine Elisabeth beim Verschwinden der Mutter ein halbes Jahr alt gewesen ist. Von daher ist es durchaus wahrscheinlich, dass sie im Dezember 1868 oder sogar früher geboren wurde.

Aber was kann es dann bedeuten, dass sie nicht wie üblich noch im Dezember getauft worden ist?

„Dann schaun ma mal weiter“, sagt Frau Pauly und blättert.

„Im ganzen Januar a koa Wimmerling“, lacht sie und schüttelt den Kopf. „Vielleicht war's Wetter so schlecht, dass eingschneit waren und aus'm Hof schlecht ham wegkönnen mit dem kloana Kind. Des war a Möglichkeit“, überlegt sie.

„Möglich“, sagt Matthias, „aber blättern Sie doch noch mal weiter, da muss doch was kommen.“

Elisabeths Name findet sich erst unter den Einträgen des Monats Februar:

2. Februar 1869, steht dort, heiliges Sakrament der Taufe gespendet für Elisabeth Johanna Wimmer – Erstgeburt der Eheleute Franz Xaver Wimmer & Anna Maria Wimmer, geborene Dreier, Gruben.

Als Geburtsdatum wird außerdem tatsächlich der 5. Dezember 1868 vermerkt.

„Komisch“, sagt Frau Pauly. „Da warten's zwei Monat bis des Kind tauft wird. Des gibt's normal ned.“ Sie schüttelt irritiert den Kopf und zieht ihre Stirn in Falten, aber plötzlich hellt ihre Miene sich wieder auf:

„Hoit auf! Des war ja Maria Lichtmess, der 2. Februar, und d' Mutter hat a Maria gheisen. Des könnts gwesen sein, aba komisch is des scho.“

Matthias notiert sich das Datum und Frau Pauly stellt das Buch wieder ins Regal.

„Na hammas scho, oder?“

„Ach, darf ich noch was nachschauen?“, fragt Matthias. „In meinem eigenen Stammbaum habe ich eine Vorfahrin namens Johanna Dreier aus Greimharting, geboren 1821. Und jetzt hätt ich gern gewusst, wie viele Kinder die gehabt hat, verstehen Sie? Geht das?“

„Freilich, versteh i scho, und des geht scho a, aber des is a bisserl miasam, weil da miassma a jeds Buach seit ... wann is de geboren? – 1821? – dann hat's vielleicht ab 1840 verheirat sei kenna ... und dann ab dem Joa miassatma nachschaun.“

„Na ja, so schnell wie Sie das machen, sind wir doch in einer halben Stunde fertig.“

„Guat, weil Sie es sann“, schmunzelt Frau Pauly, zieht den Band, der das Jahr 1840 enthält, heraus und fängt an zu blättern.

Nach einer dreiviertel Stunde sind sie alle Bücher bis 1875 durchgegangen. Für Johanna Dreier finden sich genau vier Einträge, vier Kinder, die sie zusammen mit ihrem Mann Max bekommen und getauft hat: Anna, Max, Jakob und Matthias.

Anna ist ihr erstes Kind, ihre einzige Tochter gewesen. Eine Tochter namens Elisabeth hat sie nie gehabt oder zumindest nicht taufen lassen.

Damit ist Matthias klar, dass die Elisabeth Dreier aus seinem Stammbaum, seine Vorfahrin, das

Kind der erschlagenen und im See versenkten Anna Maria Wimmer gewesen sein muss. Somit ist die Moorleiche, die er „gefunden" hat, seine eigene Ururgroßmutter!

Er kann seine Aufregung kaum verbergen, als Frau Pauly das letzte Buch zuklappt.

„Schön, dass die jungen Leit sich noch so für eana Familiengschicht begeistern kenna."

Als sie sich verabschieden, bedankt Matthias sich überschwänglich, aber sie winkt nur ab: „Hod leicht sei kenna."

Sie geben sich die Hand. Frau Pauly drückt Matthias' Hand lange und fest, für Matthias einen Augenblick zu lange. Wieder denkt er an Annas Hand, und Frau Pauly fängt noch einmal an zu überlegen: „Aber des mit der Kindstauf an Maria Lichtmess, des ist scho komisch, dass de so lang gwart haben mit der Tauf."

„Vielleicht war's ja wirklich ein strenger Winter", meint Matthias.

„Ah!", sagt Frau Pauly. „Mir hamm ja noch de Wetteraufzeichnungen von de Pfarrer, da könntma des nachschaun."

Matthias schaut sie fragend an. „Wetteraufzeichnungen?"

„Freilich!", sagt Frau Pauly. „Die Pfarrer warn

doch oft de oanzigen, de richtig hamm schreim kenna, und's Wetter war scho wichtig damois. Des hamm's oiwei aufgschriem."

„Interessant", sagt Matthias, „und die Akten haben Sie noch?"

„Freilich hamma des no, aber des ist drunt im Keller – dafür interessiert sich heit fast koana mehr."

„Also, wenn wir jetzt schon einmal dabei sind, mich würde es schon interessieren."

Matthias kommt sich vor wie ein Jagdhund, der eine Fährte aufgenommen hat.

Im Keller des Pfarramts finden sich noch mehr Regale, vollgestellt mit weniger offiziellen Büchern. Matthias hofft und spürt, dass hier weitere Aufzeichnungen aus der Zeit Anna Wimmers schlummern.

„Des hamma vor Jahren ois amoi sortiert", sagt Frau Pauly. „De Zeit um 1870 ist ungefähr dohint."

Sie geht zielstrebig zu einem der Regale, zieht willkürlich ein Buch heraus und bläst den Staub weg.

„De Biacha sann ned so wichtig wia unsre Taufregister, do kennan's ruhig alloa amoi einischaun, weil i hob im Büro a no wos z'doa. Hier, des is 1835, steht oiwei auf der erschten Seiten, und meist hamm de Pfarrer alle paar Dog wos g'schriem. Hier:

‚An St. Josef – des is der 11. September gwesen –

morgens erstmals Reif, dann aber ein klarer Spätsommertag', steht da. So finden's do wos."

Als sie weg ist, geht Matthias das Regal durch und zieht aus dem Fach, das Frau Pauly ihm gezeigt hat, eine Kladde heraus. Vorsichtig öffnet er den Deckel. Auf der ersten Seite steht in altdeutscher Schrift *Januar 1848 bis Dezember 1850.* Er überspringt die beiden nächsten Hefte und zieht das dritte heraus. Auf dem Einband steht *Pfarrer Paul Hafner.* Der erste Eintrag stammt vom 1. Januar 1856.

Matthias setzt sich auf einen kleinen Schemel und blättert vorsichtig.

Es bereitet ihm keinerlei Mühe, die altdeutsche Handschrift zu lesen, denn bei seiner Arbeit beim Grundbuchamt hat er beinah täglich mit dieser Schrift zu tun und liest sie mittlerweile fast genau so flüssig wie jede andere Handschrift auch.

Schon nach wenigen Einträgen bemerkt er, dass Pfarrer Hafner neben den Aufzeichnungen über das Wetter immer wieder auch Bemerkungen über einzelne Ereignisse aus dem Dorfleben hat einfließen lassen. Am 2. Juli 1858 schrieb er: „*Herrliches Hochsommerwetter, strahlend blauer Himmel, der Maler Hartmannsberger aus München ist wieder zur Sommerfrische angekommen.*"

Auch findet Matthias, je weiter er nach hinten

blättert, persönliche Einschätzungen des Pfarrers. Am 1. September 1860 schrieb er, dass ein Johann Mettenbacher in Prien zum Oberlehrer ernannt worden sei, und konnte sich nicht verkneifen zu notieren, *daß das den Kindern zu manch blauen Flecken verhelfen wird.* Den letzten Eintrag brachte er am 15. November 1860 zu Papier.

Matthias stellt das Buch weg und zieht das nächste heraus.

Auch dieses Buch gehörte Pfarrer Paul Hafner; die ersten Einträge stammen vom 20. November 1860.

Schon beim schnellen Durchblättern erkennt Matthias, dass Pfarrer Hafner hier über sehr viel mehr als das Wetter geschrieben hat. In mehreren Einträgen sticht ihm neben anderen Namen immer wieder auch der Name *Wimmer* ins Auge.

Das Buch endet im Dezember 1863.

Der nächste Band schließt sich nahtlos daran an. Matthias greift sich die weiteren Bücher. Sie gehörten alle dem Pfarrer Hafner, der seinen Namen immer fein säuberlich auf den Einband geschrieben hat. Am Ende liegen ihm sieben Tagebücher von Pfarrer Hafner aus den Jahren 1856 bis 1880 vor. Danach hat es scheinbar einen neuen Pfarrer gegeben, der erst 1885 wieder Aufzeichnungen verfasste.

Matthias beschließt, die Bücher „auszuleihen", um sie in aller Ruhe zu Hause zu lesen.

Frau Pauly hat ja selbst gesagt, dass sich für diese Sachen heutzutage keiner mehr interessiert, außer ihm womöglich. Und er wird sie ja auch sobald wie möglich wieder zurückbringen.

Als er am Büro von Frau Pauly vorbeikommt, telefoniert diese gerade. Er steckt nur den Kopf zur Tür hinein und winkt ihr zu. Sie winkt zurück und setzt ihr Telefonat fort.

Gerade als er die Haustür hinter sich zuziehen will, taucht sie im Flur auf und ruft ihm nach: „Und? – War's a strenger Winter?"

„Was?", fragt Matthias. „Wann?"

„Na 1868!"

„O ja, klar, ein sehr strenger Winter. Viel Frost von Barbara bis Lichtmess."

„Seng's? I hab's doch gleich g'sagt."

7

Den Montagnachmittag verbringt Matthias mit dem Studium der Tagebücher des Rimstinger Pfarrers Paul Hafner aus der Zeit von 1856 bis 1880. Je länger er liest, desto mehr ist er davon überzeugt, dass das, was er im Pfarramt dank einer Nachbemerkung von Frau Pauly gefunden hat, in den Händen mancher Leute Sprengstoff sein könnte.

Als Sylvia spät abends nach Hause kommt, bittet er sie sofort, sich hinzusetzen und erzählt ihr, wie er im Pfarramt an die Tagebücher gekommen ist.

„Einfach mitgenommen?“, schimpft Sylvia. „Du bringst sie sofort morgen zurück!“

„Sicher, aber ich hab da was gefunden“ sagt er. „Das ist spektakulär.“ Matthias ist aufgeregt wie ein Kind auf dem Rummelplatz.

Sylvia bleibt ruhig und schaut ihn fragend an. „Na dann schieß mal los!“

„Das mit dem Stammbaum habe ich klären können. Anna Wimmer war eindeutig meine Ururgroßmutter!“

Jetzt hellen sich auch Sylvias Züge auf.

„Wahnsinn!“, ruft sie aus. „Das ist eine Geschichte! Du hast die eigene Großmutter aus dem Schlamm gezogen! Das ist eine Story, verstehst du? Das kann man verkaufen! Du Glückspilz!“

Sylvia springt auf und greift zum Telefon. „Das muss ich sofort Onkel Peter erzählen. Wenn man im Heimatmuseum gleichzeitig noch den Nachfahren der Moorleiche präsentieren könnte, ... das wäre eine Sensation."

„Jetzt warte mal", hält Matthias sie zurück. „Da gibt es noch ein paar andere Dinge, die eigentlich viel spannender sind. Und die haben mit euch Thanners zu tun."

Sylvia stutzt und setzt sich wieder hin. „Ach, ja?", fragt sie. „Dann lass mal hören!"

„Also erstmal", beginnt Matthias, „war dein ehrenwerter Ur-ur-irgendwas-Großvater Andreas Thanner wahrscheinlich gar nicht so ehrenhaft, wie man es von einem Bürgermeister erwarten sollte."

„Was?" Sylvia sieht aus, als glaube sie ihm kein Wort. „Mach's nicht so spannend. Erzähl schon!"

„Warte noch. Ich fange mal bei meiner eigenen Familie an", versucht Matthias sie zu bremsen.

„Johanna und Max Dreier hatten genau vier Kinder. Die Anna war die Älteste, dann kamen noch drei Buben: Max, Jakob und Matthias. Keine Elisabeth! Elisabeth war nicht das Kind von Johanna Dreier, sondern ziemlich sicher ihre Enkelin, nämlich das Kind von Anna, ihrer einzigen Tochter."

„Und das macht dich zum direkten Nachfahren der Moorleiche.", schlussfolgert Sylvia.

„Genau. Da hat mein alter Onkel Martin einen Fehler gemacht, und wir haben ihn für unseren Stammbaum einfach so übernommen."

„Ok, die Anna schiebt sich in dem Baum praktisch zwischen Elisabeth und Johanna Dreier."

„Richtig. Und ob die Elisabeth gewusst hat, wer ihre richtige Mutter war, das können wir nicht sagen, aber ich denke nicht, dass man es vor ihr hat geheim halten können. Andererseits ist man sicher nicht damit hausieren gegangen."

„Bestimmt nicht!", wirft Sylvia ein. „Das klingt ja richtig nach Familienschande!"

„Aber die Geschichte fing schon früher an", fährt Matthias fort. „Und der Pfarrer hat sie aufgeschrieben, hier ..." Er hält ihr das erste Tagebuch unter die Nase und erzählt:

„Also: Die Anna kam am 26. April 1843 als Anna Maria Dreier zur Welt. Ihre Mutter Johanna Dreier war eine entfernte Cousine von unserem Franz Wimmer, der wohl ein ziemlicher Einfaltspinsel gewesen sein muss. Jedenfalls lebte der mindestens ab Ende der 1850er Jahre allein auf dem Grubner Hof. Da war er schon fast dreißig, hatte aber keine Frau, und die Linie drohte auszusterben, zumindest auf dem Grubner Hof. Also hatte Johanna Dreier wohl ein Einsehen mit ihrem Verwandten und schickte ihre älteste Tochter Anna im Jahre 1860 – mit 16 Jahren! – als Magd auf den Hof."

„Super ...", unterbricht Sylvia ungeduldig. „So viel hat die Heumann auch schon gewusst."

„Aha, und warum hast du mir das nicht gesagt?"

„Keine Ahnung. Vielleicht wegen dem Schnaps, oder weil ich es nicht für wichtig hielt."

„Doch, sicher war das wichtig, denn es geht ja noch weiter: Ein Jahr später heirateten sie. Anna war 17 – ihre Eltern mussten eingewilligt haben. Der Pfarrer Hafner traute sie in St. Petrus, Greimharting ..."

Matthias nimmt ein Heft vom Stapel und schlägt eine Seite auf, die er vorher markiert hat.

„... und dazu meinte er:

Wie sie vor mir stand, die Anna – so schön und so unschuldig wie ein Kind. Als ich sie fragte, sagte sie kein Wort und senkte nur ihr Haupt. Franz dagegen schrie ein JA heraus, daß der Altar hinter mir bebte."

„Oh!" Sylvia schluckt. „Kann ich mir gut vorstellen."

Matthias bemerkt die Anspielung nicht, sondern fährt fort:

„Und dann – sie lebten auf dem Grubner Hof – kriegten sie jahrelang kein Kind. Immer wieder schrieb der Pfarrer über die Wimmer Anna, denn offenbar lieh sie sich Bücher bei ihm aus. Sie interessierte sich für Gott und die Welt, besonders für Amerika. Hier ..." Wieder schlägt Matthias eins der Hefte an einer markierten Stelle auf.

„Hier schrieb er am 13. März 1866:

Wimmer Anna brachte mir nach der Messe den J. F. Cooper zurück. Sie habe ihn den Winter über gelesen, sagte sie, und sie wolle auch mal dahin, nach Amerika. Ihr zweiter Name sei Maria und die Santa Maria sei doch auch nach Amerika gesegelt. Ich fragte sie, was sie damit meine, und sie sagte, die Santa Maria, das sei das Schiff von Kolumbus gewesen. Damit sei er nach Amerika gesegelt. Damals hätte auch keiner geglaubt, daß er jemals dort ankommen würde. Dann sagte sie noch, daß man, wenn man mit einem Boot auf dem Chiemsee lossegelte, doch eigentlich bis Amerika kommen müsse. Ich weiß es nicht, aber wahrscheinlich hat sie sogar Recht."

„Ein kleines Mädchen, das von der großen weiten Welt träumte", sagt Sylvia.

„Ich denke eher, eine begabte junge Frau, verkauft an einen dummen Bauern, die sich in ihrer Welt wie eingesperrt vorkam. Hafner beschrieb ihren Mann, also den Wimmer Franz, als ziemlich vertrottelten, aber durchaus liebenswerten und zumindest friedliebenden *Idioten.* In der ganzen Gegend sei er bekannt gewesen und überall habe man ihn dauernd zum Narren gehalten."

„Der Dorfdepp! Den gab's immer und überall!" Sylvia zuckt mit den Schultern.

„Im Jahre 1867 erwähnte er Anna fast gar nicht, erst am 14. Oktober 1868 sagte er, dass sich bei den Wimmers jetzt doch Nachwuchs eingestellt habe. Anna sei *guter Hoffnung.* Am 5. Dezember 1868 – er notierte das Datum – brachte sie frühmorgens um halb sieben ein Mädchen zur Welt. Das hat er von der Hebamme erfahren. Als eine Woche später noch niemand wegen der Taufe nachgefragt hatte, besuchte er sie auf dem Hof, und was er dann schrieb, ist seltsam, also zum 11. Dezember 1868 steht hier:

Gestern auf dem Grubner Hof: Anna hat ein gesundes Mädchen geboren. Sie ist wohlauf. Franz geht seiner Arbeit nach. Anna sagt, das Kind werde Elisabeth heißen, Elisabeth Johanna, aber sie wolle mit der Kindstaufe noch bis nach Weihnachten warten."

„Und? Wieso ist das seltsam?", fragt Sylvia.
„Weil Kinder zu der Zeit sehr schnell getauft worden sind, wegen der Kindersterblichkeit, oder so, aber aus irgendwelchen Gründen wollte sie warten

oder vielleicht gar nicht taufen. Und ich glaube, ein Hinweis auf den Grund findet sich in den Einträgen aus dem Januar 1869. Da schrieb Hafner:

Anna war bei der Beichte. Ich sagte ihr, sie müsse ihre Lisi jetzt bald taufen lassen, die Leute würden schon über sie reden. Das sei das geringste Problem, sagte sie, aber sie könne ihre Lisi nicht taufen lassen.

Ich drängte sie, mir zu sagen, warum sie ihrem Kind das Sakrament der Taufe verweigere, und sie hielt es lange zurück, bis sie mir schließlich nicht mehr ausweichen konnte, und gestand, sie lebe in Sünde!

Mehr war ihr nicht zu entlocken. Sie würde sich nur ihrem Tagebuch anvertrauen, sagte Anna, und dem Stohr.

Weiß Gott, die Elisabeth ist das Kind von einem anderen!

In unserer Gemeinde gibt es sicher keinen mit Namen Stohr, und auch in Prien konnte ich keinen finden. Ich habe mich umgehört, aber den Einheimischen ist der Name gänzlich unbekannt. Vielleicht ist es ja einer von diesem Malern, die jetzt immer häufiger und von überall her an den Chiemsee kommen.

Im Dorf wird so einiges erzählt über die Wimmerin. Meine liebe Anni, kann es denn wirklich sein, daß Du den heiligen Bund der Ehe brichst?“

„Na ja, da war vielleicht der Wunsch der Vater des Gedankens", wendet Sylvia ein.

„Mag sein", fährt Matthias fort, „aber ich denke, er war schon auf der richtigen Fährte. Er hat sie sogar darauf angesprochen und versucht, eine Erklärung zu finden. Hier im Mai 1869:

Nach der Messe Wimmer Anna zur Seite genommen und ihr gesagt, daß die Leut im Dorf immer mehr und immer offener über sie reden. Sie lachte nur und schien nicht unglücklich zu sein. Das sei ihr egal, sie werde eh bald nicht mehr da sein. Ich fragte sie, ob sie Grund zur Klage habe, daß sie so hochmütig sei, ob der Franz ihr vielleicht Gewalt antue, doch auch darüber lachte sie nur und sagte, der tue nur sich selbst Gewalt an. Ich nehme an, sie meinte die Trunksucht. Ich weiß nicht, was da vor sich geht. Ich werde weiter ein Auge auf meine liebe Anni haben."

„Hm, dass sie sich offenbar so wenig um ihren eigenen Ruf sorgte, das war sicher ungewöhnlich für die Zeit", unterbricht Sylvia ihn.

„Eine starke Frau eben. Die gab's immer und überall." Jetzt zuckt Matthias mit den Schultern.

„Aber von ihrer Mutter hat sie das nicht gehabt, denn von der – also von Johanna Dreier – schrieb er auch irgendwann, sie habe die Anna an den Franz *verkauft* und um ihr Leben betrogen. Da sei *keine Liebe* auf dem Grubner Hof, nur zwischen ihr und der kleinen Lisi. Der Franz sei manchmal eifersüchtig gewesen und einmal habe er dem Pfarrer sogar Bücher zurückgebracht, die Anna ausgeliehen hatte, und gesagt, *so was* gehöre ihm nicht. Und später sei Anna dann gekommen und habe die Bücher wieder mitgenommen, weil sie die ja noch nicht gelesen hatte, und der Franz sie einfach weggenommen hat."

„Na ja, da hört man doch definitiv raus, was da los war: Der war doch einfach in sie verschossen, in *seine liebe Anni,* der Herr Pfarrer", meint Sylvia.

„Kann sein, denn als Anna Anfang Juli verschwunden war, war er in ziemlicher Aufregung und notierte am 6. Juli 1869:

Anna ist weg! Und das Kind hat sie zurückgelassen! Ich bin gleich zum Bachlerhof und hab nachgefragt, aber dort wußte man nichts. Nebenbei hab ich gefragt, ob man dort einen gewissen Stohr kenne, aber auch dazu konnte man mir keine Auskunft geben."

„Bachlerhof?", fragt Sylvia.

„Kenn ich auch nicht", sagt Matthias, „aber ist ja auch egal. Jedenfalls schrieb er in den folgenden

Tagen einiges über die Ereignisse im Dorf und über die Suchtrupps. Außerdem erwähnte er, dass sich beinah jeder freiwillig gemeldet habe und ...", wobei Matthias belehrend den Finger hebt, *„daß der Priener Bürgermeister Thanner die ganze Suche koordiniert habe."*

„Aha! Da haben wir ja meinen Bürgermeister. Und das ist also unehrenhaft?", fragt Sylvia, die die ganze Zeit darauf gewartet hat, dass ihr Urahn auf den Plan tritt.

„Nein, sicher nicht, aber warte noch. Am 14. Juli 1869 schrieb er:

Es gibt zwei Lager. Die einen behaupten, sie hätte ja eh einen Anderen gehabt und mit dem habe sie sich davongemacht, nach Amerika. Das hat scheinbar das ganze Dorf gewußt. Das andere Lager behauptet, der Franz habe sie im Rausch erschlagen. Letzteres kann nicht sein. Eher wäre es umgekehrt gewesen. Aber daß sie das Kind zurückläßt, das hätte ich ihr nicht zugetraut."

„Der Pfarrer war also davon überzeugt, dass Anna sich abgesetzt hatte", fasst Sylvia zusammen.

„Jedenfalls war er sich sicher, dass der Franz unschuldig war. Und das hat er dann wohl auch vor Gericht ausgesagt."

„Vor Gericht?“

„Ja, scheinbar sind mehrere Priener Bürger damals vorgeladen worden, nach Traunstein, damit das Gericht sich einen Eindruck von den Umständen auf dem Hof machen konnte. Hafner jedenfalls nahm den Wimmer Franz vor Gericht in Schutz, aber offenbar nicht dein feiner Herr Thanner. Der, so meinte der Pfarrer, hat vor Gericht *gelogen*! Hier ...“ Wieder hebt Matthias den Finger wie ein Oberlehrer und schlägt ein Heft auf. „Am 20. November 1869 erzählte er etwas von der Verhandlung, und irgendwann heißt es dann:

Thanner hingegen sagte aus, der Franz habe sie nach seinen Wirtshausbesuchen öfters geschlagen und – so vermutete der Thanner – sogar zum Verkehr gezwungen! Das hätte sie ihm – dem Thanner – gegenüber angedeutet. Wenn das wahr wäre, dann hätte sie ihm ja alles anvertraut und dann könnte durchaus Thanner und nicht der Stohr der unbekannte Nebenbuhler sein. Wäre ich nicht an das Geheimnis der Beichte gebunden, ich hätte anders aussagen müßen. So aber blieb mir nur die Wahl, die Aussage des Bürgermeisters nicht zu unterstützen.“

„Hm, starker Tobak“, sagt Sylvia, „aber auch nur eine Mutmaßung des Herrn Hafner. Ich bleibe dabei, der war doch nur ein bisschen verliebt in *seine liebe Anni*", wiederholt Sylvia.

„Und eifersüchtig?"

„Warum nicht?"

„Auf Thanner?"

„Herrgott, ja, vielleicht, ich weiß es nicht – wir wissen es nicht. Und worauf willst du eigentlich hinaus? Nur weil der Pfarrer ihn vage der Lüge bezichtigt hat, ist er doch nicht unehrenhaft gewesen! In dubio pro reo, falls dir das was sagt."

„Klar, du verteidigst deine Sippe. Aber einen Hinweis hab ich noch: Hafner hat den Franz später immer wieder im Gefängnis in Traunstein besucht, und als Thanner nicht mehr aus dem Krieg zurückkam, schrieb er am 1. März 1871:

Heute kam die Nachricht, daß Thanner in Paris vermißt wird. Wenn das nur stimmt! Erst hat keiner verstanden, daß er sich freiwillig für diesen unseligen Krieg gemeldet hat und jetzt das! Wahrscheinlich hat er die Gunst genutzt und sich abgesetzt, vielleicht auch nach Amerika, zur Anna. Mögen sie das Glück finden, das sie hier nicht hatten, und möge Gott ihnen gnädig sein.

Daraufhin war er wieder bei Franz Wimmer im Gefängnis und hat ihm das erzählt und zudem angedeutet, dass der Thanner und seine Anna vielleicht doch was miteinander gehabt hätten und dass sich der Thanner jetzt auch abgesetzt habe. Er meinte:

Der Franz war zwar schockiert, daß ich so was sagen konnte, aber so richtig überrascht schien er nicht. Ich glaube, er hat sich längst so was gedacht.

Drei Tage später hängte er sich auf, der Franz, und alle sagten: ‚Jetzt wissen wir's, der Franz, der war's.'"

„Klar, würde ich auch so sehen", sagt Sylvia.

„Schmarrn!", sagt Matthias. „Dein Thanner, der hatte Dreck am Stecken, und hier steht es drin."

Damit hält er ihr die Hefte hin und sagt: „Aber ich bringe sie gleich morgen wieder zurück, versprochen."

„Ach, warte mal", sagt Sylvia. „Das hat doch noch Zeit. Ich würde das auch mal gerne lesen. Ich frage mich wirklich auch, warum Thanner scheinbar freiwillig in diesen blöden Krieg gezogen ist."

Matthias kennt sie sehr gut. Er glaubt ihr kein Wort.

8

Am nächsten Tag geht Matthias wieder ins Büro. Sylvia ist schon weg, als er das Haus verlässt, wie meistens. Auch wenn er abends nach Hause kommt, ist sie normalerweise noch lange nicht da. Heute aber ist es anders. Sylvia ist bereits kurz nach ihm daheim.

Matthias steht im gemeinsamen Arbeitszimmer und sucht nach den Aufzeichnungen des Pfarrers.

„Ich muss morgen unbedingt die Hefte wieder ins Pfarramt schmuggeln. Hast du die?"

„Ja, keine Sorge, ich hab sie genau hier", sagt sie und weist auf ihre Aktentasche.

„Ich habe sie heute auch gelesen und uns noch was besorgt: Ein paar Kopien."

Matthias schaut sie fragend an: „Kopien? Wovon denn?"

„Vom Protokoll einer Gerichtsverhandlung."

„Ist ja nicht Neues, dass du dir die Arbeit mit nach Hause bringst."

„Diesmal nicht, mein Lieber. Ich meine die Protokolle der Verhandlung gegen Franz Wimmer!", sagt Sylvia stolz und zieht triumphierend eine Mappe aus ihrer Tasche.

Matthias' Unterkiefer klappt nach unten: „Lass sehen!"

„Sicher, und danach sieht die Sache schon anders aus, als dein Herr Pfarrer sie darstellt."

Sie beugen sich beide über die wenigen Seiten, die handschriftlich eng beschrieben sind.

„Traunstein, den 10. November 1869", liest Matthias. „Wo hast du das denn her?", fragt er erstaunt.

„Mit Gerichten kenne ich mich schließlich aus, und wir Thanners haben ja auch noch so unsere Beziehungen."

Gemeinsam entziffern sie den Text, der die Aussagen der Verhandlung gegen Franz Wimmer zusammenfasst.

Die Sachlage wird so dargestellt, dass Franz Xaver Wimmer, geboren am 15. Mai 1830 in Gruben bei Prien, wohnhaft ebendort (Grubner Hof), am Montagabend, dem 5. Juli 1869, beim Polizeiamt in Prien vorstellig geworden ist, um seine Frau Anna Maria Wimmer, geboren am 26. April 1843 in Greimharting, wohnhaft in Gruben, als vermisst zu melden.

Wochenlang hätten groß angelegte Suchaktionen in der gesamten Umgebung und unter Anteilnahme großer Teile der Bevölkerung stattgefunden, aber von der Vermissten sei keine Spur mehr zu finden gewesen.

Am 14. Juli 1869, ist zu lesen, wurde der Grubner Hof polizeilich durchsucht. In der Tenne des Hofes habe man dabei ein Holzbeil gefunden, das deutliche Spuren von Blut und Stoffresten aufwies.

Franz Wimmer habe das Beil als sein eigenes identifiziert, ohne die Blutspuren erklären zu können.

Außerdem, so der Text weiter, seien schon bei ersten Durchsuchungen des Wohnhauses – direkt nach dem Verschwinden von Anna Wimmer – stark verschmutzte Kleidungstücke von Franz Wimmer gefunden worden. Die Verunreinigungen hätten höchstwahrscheinlich aus dem Waldgebiet in der Nähe des Hofes gestammt und seien so frisch gewesen, dass sie erst kurz zuvor entstanden sein konnten.

Aufgrund dieser Beweisstücke sei Franz Wimmer wegen Verdachts des Mordes an seiner Frau Anna Wimmer festgenommen worden.

„Soweit die Vorgeschichte“, sagt Matthias.
„Sieht aus, als hätte er zehn Tage Zeit gehabt, um die Spuren zu beseitigen, dieser Trottel“, ergänzt Sylvia.

Matthias ignoriert ihren Einwand und liest weiter:

Der Angeklagte selbst macht zu den Ereignissen des fraglichen Tages, also des 4. Juli 1869, folgende Angaben:

Er sei an diesem Sonntagmorgen mit seiner Frau Anna und ihrer gemeinsamen Tochter Elisabeth zunächst in der Kirche gewesen. Nach Mittag habe er den Verdacht gehabt, daß das Wetter umschlage und sei zum Mähen auf das Heufeld gegangen. Seine Frau Anna habe da das Kind gestillt und gesagt, sie wolle danach, wenn das Kind schläft, im Wald Buchenstecken schlagen. Der Tag sei sehr heiß gewesen. Am späten Nachmittag sei er deswegen, durstig von der Arbeit, direkt durch den Wald zum Kramerwirt nach Hemhof gegangen.

„Warte mal", sagt Matthias. „Er ging vom Heuen direkt ins Wirtshaus? Das ist komisch ... oder zumindest seltsam."

„Wieso? Du meinst, ohne sich umzuziehen?"

„Nein, oder doch, das auch, aber das sieht ihm doch ähnlich, oder? Ich glaube, ein Dressman war er sicher nicht, aber was ich meine ist: Wer machte den Stall?"

Sylvia schaut Matthias fragend an. Von solchen Dingen hat sie keine Ahnung.

„Anna?", überlegt sie.

„Muss wohl so sein! Das heißt, er verlässt sich

blind darauf, dass seine Frau diese schwere Arbeit macht."

„Na ja, ist das bei uns anders?", stichelt Sylvia.

Matthias holt tief Luft. Sylvias Arbeit wird natürlich deutlich besser bezahlt als seine, und ihren gemeinsamen Lebensstandard finanzieren sie sich im Wesentlichen durch ihr üppiges Gehalt. Daran erinnert sie ihn heute nicht zum ersten Mal.

„Oder vielleicht haben sie ja auch einen Knecht gehabt", setzt sie noch hinzu.

„Hm, eher nicht", entgegnet er nur. „Aber lesen wir weiter."

Franz Wimmer sagte des Weiteren aus:

Dort, beim Kramerwirt, habe er mit mehreren anderen getrunken und Karten gespielt, bis es zu einem Streit gekommen sei. Der Zeuge Huber habe seine Frau, die vermisste Anna Wimmer, des Ehebruchs bezichtigt. Das Kind könne ja nicht von ihm sein, sonst hätten sie schon früher Kinder bekommen, sei gesagt worden.

Außerdem seien noch weitere Beleidigungen vorgebracht worden, an die er sich aber im Einzelnen nicht mehr erinnern könne. Es sei jedenfalls ausreichend dafür gewesen, daß er irgendwann zugeschlagen habe, weil er die Ehre seiner Frau Anna habe ver-

teidigen müssen. Darauf sei er aber von den anderen angegriffen und verprügelt worden. Schließlich habe er sich mit einer Flasche Obstler auf den Heimweg gemacht, obwohl draußen ein heftiges Unwetter tobte. Deswegen und wegen des nicht unerheblichen Alkoholkonsums sei er mehrfach vom Weg abgekommen und auch gestürzt. Er könne sich gar nicht mehr daran erinnern, wie er überhaupt nach Hause gekommen sei. Jedenfalls müsse er irgendwie in sein Bett gefunden haben, aber an weitere Einzelheiten dieser Nacht könne er sich nicht erinnern. Insbesondere wußte er nicht, ob seine Frau, das Kind oder sonst jemand zum Zeitpunkt seiner Heimkunft auf dem Hof waren.

Früh am anderen Morgen sei er vom Schreien ihrer Tochter Elisabeth aufgewacht. Auch habe das Vieh erbärmlich geschrien, und da habe er das Verschwinden seiner Frau Anna bemerkt. Zunächst habe er selbst den Hof nach ihr abgesucht und dabei festgestellt, daß am Abend zuvor die Stallarbeit nicht gemacht worden sei.

Erst da habe er sich ernstliche Sorgen gemacht, denn das bedeutete, daß Anna mindestens seit fünf Uhr des Vortags nicht mehr auf dem Hof gewesen sein mußte.

„Doch kein Knecht“, unterbricht Sylvia.

„Hätte mich auch sehr gewundert", meint Matthias und liest weiter:

Daraufhin habe er in Panik das nahegelegene Waldstück abgesucht, denn er habe befürchtet, dass sie beim Holzsammeln verunglückt sei. Da er dort aber keine Spur von ihr habe finden können, habe er schließlich das Pferd eingespannt und sei mit dem Kind zu seiner Schwiegermutter, Johanna Dreier, nach Greimharting gefahren. Als er Anna auch da nicht hatte antreffen können, sei er direkt alleine weiter nach Prien gefahren und habe dort das Verschwinden gemeldet.

Das Gericht hörte zu den geschilderten Vorfällen diverse Zeugen an:

Die Personen, mit denen Franz Wimmer am Abend des Sonntags, dem 4. Juli 1869 beim Kramerwirt zusammen war, gaben an, dass während des Kartenspielens recht viel getrunken worden sei. Irgendwann habe besonders der Zeuge Max Huber Geschichten über die Wimmer Anna erzählt, nämlich,

... daß die Wimmer Anna so eine fesche sei, die doch eigentlich auch einen anderen hätte haben können, und daß sie obendrein noch so fleißig sei und arbeite

wie ein Mannsbild. Aber man wisse ja, daß die dümmsten Bauern die dicksten Kartoffeln hätten.

Auch sei gesagt worden,

... daß der Franz Wimmer ja bei allem etwas langsam sei, und daß es deshalb so lange gedauert habe, bis seine Anna in andere Umstände gekommen sei, nämlich ganze sieben Jahre, und ob das denn das verflixte siebente Jahr gewesen sei.

Daraufhin, so formulierte der Aktuar, habe Franz Wimmer den *Bierkrug des Andreas Thanner, der neben ihm saß, gepackt* und damit nach dem Zeugen Max Huber geschmissen, woraufhin eine *wüste Rauferei* entstanden sei, in deren Verlauf mehrere Anwesende dem Wimmer Franz *ordentlich zugesetzt* hätten, der aber keine Ruhe habe geben wollen. Erst als Bürgermeister Thanner eingriff und dem Wimmer Franz eine Flasche Obstler versprach, wenn er *auslassen und heimgehen* würde, sei Ruhe eingetreten und der Wimmer habe sich, *allerlei Flüche ausstoßend*, auf den Heimweg gemacht, obwohl draußen mittlerweile ein heftiges Unwetter getobt habe.

Dieser Version hat der Angeklagte nicht widerspro-

chen, und als Begründung für seine Angriffe hat er wiederholt, daß er die Ehre seiner Frau doch habe verteidigen müssen.

Zwei Zeugen werden in dem Protokoll besonders hervorgehoben: der Pfarrer und der Bürgermeister.

Paul Hafner, Pfarrer der Gemeinde St. Nikolaus zu Rimsting, geboren am 15. Juni 1830 in Stuttgart, sagte aus, daß er der Vermissten seit Jahren Zugang zur Pfarrbibliothek gestattet habe. Dort habe sie regelmäßig Bücher ausgeliehen. Anna Wimmer habe sich, seit er sie kannte, für sehr viele verschiedene Dinge interessiert. Unter anderem habe sie schon lange ein reges Interesse für Amerika gezeigt. Mehrfach habe sie ihm erzählt, daß eine entfernte Verwandte von ihr, Therese Bachler aus Hittenkirchen, ausgewandert sei, und zwar nach Pennsilvanien, und daß es überhaupt in dieser Zeit sehr viele Auswanderer geben würde.

„Die muss von diesem Bachler Hof gewesen sein, der auch in den Tagebüchern des Pfarrers erwähnt wird“, sagt Matthias.

„In Hittenkirchen“, wirft Sylvia ein, „deswegen habe ich ihn in unserem Heimatbuch nicht gefunden.“

„Da gab's früher mal ein eigenes Gemeindebüro", ergänzt Matthias, „aber jetzt gehören sie zu Bernau."

Pfarrer Hafner waren Mutmaßungen darüber zu Ohren gekommen, daß Anna Wimmer einen Liebhaber gehabt habe und kann dies weder ausschließen noch bestätigen.

Er beschreibt den Angeklagten Franz Wimmer als einfache Seele, und glaubt nicht, daß dieser in der Lage sei, ein solch abscheuliches Verbrechen zu begehen.

Er vertritt die Auffassung, daß Anna Wimmer zusammen mit einem Liebhaber kurzentschlossen auf und davon sei.

Das Protokoll erläutert dann die Gründe, warum das Gericht diese These verwarf.

Erstens habe es – abgesehen von den Gerüchten im Dorf – keinen greifbaren Hinweis auf einen Nebenbuhler gegeben. Zweitens habe die Vermisste bei ihrem Verschwinden sehr wahrscheinlich nur das mitgenommen, was sie am Leibe trug, denn von ihren persönlichen Habseligkeiten wurde nichts vermisst; und offenbar habe sie beim Verlassen des Hofes nicht einmal Schuhe getragen. Genau dieser Umstand sprach aus Sicht des Gerichts gegen die Theorie einer überstürzten Auswanderung.

Der zweite wichtige Zeuge, den das Protokoll zitiert, war der amtierende Bürgermeister der Gemeinde Prien: Andreas Thanner.

Andreas Thanner, Bürgermeister der Gemeinde Prien, geboren am 2. Dezember 1839 in Prien, sagte aus, daß die Vermißte ihm gegenüber Andeutungen gemacht habe, wonach ihr Mann der Trunksucht verfallen sei und sie im Rausch körperlich mißhandele; auch habe er sie mehrfach zum ehelichen Verkehr gezwungen.

Ferner habe der Angeklagte erst im Frühjahr des Jahres eine Lebensversicherung über 1.000 Gulden für seine Frau abgeschlossen. Dies sei ihm bekannt, weil er, Thanner, den Abschluß der Police selbst vermittelt habe.

Der Angeklagte selbst widersprach dem Herrn Pfarrer und griff den Bürgermeister heftig an:

Nie habe er seiner Frau ein Leid angetan, und das Geld aus der Lebensversicherung sei doch gar nicht für ihn, sondern für das Kind gedacht gewesen; darauf habe der Herr Bürgermeister selbst gedrängt, damit im Falle eines Falles das Kind versorgt sei.

Franz Wimmer ging offenbar davon aus, dass seine Frau an dem fraglichen Tag beim Holzschlagen im Wald verunglückt war.

Auf den Einwand des Gerichts, dass sie dabei aber doch sicher Schuhe getragen hätte, sagte er aus, seine Frau sei im Sommer fast immer barfuß gelaufen.

Er verlangte mehrfach, dass die Suche nach ihr wieder aufgenommen werden solle.

Er sei sich sicher, daß seine Frau das Kind nicht zurückgelassen hätte, und außerdem glaube er auch nicht, daß sie ohne Gepäck und ohne Schuhe nach Amerika ausgewandert wäre.

Das Gericht schenkte der Version des Angeklagten schließlich keinen Glauben.

Stattdessen ging es in seiner Urteilsbegründung davon aus, dass die Ereignisse beim Kramerwirt in Hemhof den Angeklagten derart in Rage versetzt hätten, dass er seine Frau zu Hause wegen der Gerüchte zur Rede gestellt habe, und dass es im Verlauf des Streits dann zu einer tödlichen Auseinandersetzung gekommen sei. Die Tote habe er dann entweder im Wald vergraben oder in einem der umliegenden Moorseen versenkt.

Das Gericht stützte sich dabei neben den Zeugenaussagen im Wesentlichen auf zwei Indizien: das blutbefleckte Beil als mutmaßliche Tatwaffe und die verschmutzte Kleidung des Franz Wimmer.

Wegen der besonderen Schwere der Tat verurteilte das Gericht den Angeklagten zu einer Zuchthausstrafe von 25 Jahren.

„Ich höre ihn richtig sagen: ‚Ohne Schua kummst net auf Amerika'", lacht Sylvia, als sie das Protokoll fertig gelesen haben.

„Ja, Anna trug keine Schuhe, das wissen wir ja", sagt Matthias und denkt angestrengt nach.

Dann murmelt er vor sich hin: „Und Thanner war wieder dabei, vor Gericht und beim Wirt, ..."

„Na und?", fragt Sylvia. „Als Bürgermeister muss man sich unters normale Volk mischen. Damals genau wie heute."

„Aber doch nicht in Hemhof! Was sucht der Priener Bürgermeister beim Kramerwirt in Hemhof?"

„Was weiß ich? Vielleicht war er zufällig in der Gegend und ist auch von diesem Unwetter überrascht worden."

„Kann schon sein. Aber dann war es auch noch *sein* Krug, den der Franz geworfen hat! – und *er* hat dem Franz die Flasche Obstler zugesteckt. Das stinkt doch!" Matthias schüttelt den Kopf.

„Ach, du siehst Gespenster. Wahrscheinlich war

es nur ihm zu verdanken, dass der Streit so geschlichtet wurde."

„... und Franz alleine nach Hause ging, bevor er zu betrunken war."

„Ja, warum nicht? Aber was versuchst du meiner Familie da eigentlich in die Schuhe zu schieben?"

Matthias hört ihr nicht wirklich zu.

„Und dann hatte er ihm offenbar diese Lebensversicherung vertickt, über tausend Gulden! Hört sich so an, als sei das damals verdammt viel Geld gewesen."

„Aber das Geld ist sicher nie ausbezahlt worden, nicht unter diesen Bedingungen", sagt Sylvia.

„Keine Ahnung, eher nicht", meint Matthias. „Allerdings ist es doch auffällig, dass er das dem Gericht auf die Nase bindet – aber dass das Geld nicht an Franz, sondern an die kleine Elisabeth gehen sollte, das verschweigt er in seiner Aussage."

Sylvia zuckt mit den Schultern. „Wer weiß, ob das hier richtig wiedergegeben ist?"

„Nein, Sylvia, ich werde das Gefühl nicht los, dass da was nicht stimmt."

Sie blicken sich eine Weile schweigend an.

„Was soll da nicht stimmen?", fragt Sylvia schließlich.

Matthias denkt nach, während er die wenigen Seiten immer wieder hin und her wendet.

„Er war es nicht. *Das* stimmt nicht“, sagt er schließlich.

„Sondern?“

Matthias schüttelt nur den Kopf.

„Schau, das ist mir damals schon aufgefallen, aber es schien mir nicht so wichtig zu sein.“

„Was?“

„Wir wissen doch sicher, dass Anna Wimmer schwanger war, als sie ermordet wurde. Im vierten Monat, das hat die gerichtsmedizinische Untersuchung ergeben, aber in den Zeitungen stand das nicht.“

Sylvia überlegt kurz.

„Du meinst, damals stand es nicht in den Zeitungen. Stimmt!“, sagt sie dann, und wirkt plötzlich auch sehr nachdenklich.

„Genau. Und das habe ich damals schon gemerkt, aber mir nichts dabei gedacht, denn die Zeitungen wissen natürlich nicht alles, und so eine Schwangerschaft im vierten Monat, die konnte sie sicher noch verbergen.“

„Worauf willst du hinaus?“ Sylvia wird ein bisschen ungeduldig.

„Er hat's auch nicht gewusst!“

„Wer?“

„Der Franz!“

„Wieso?“

„Na, das wäre doch in der Verhandlung zur Sprache gekommen. Dass man ohne Gepäck nicht nach Amerika geht, das sagt er, aber wenn er gewusst hätte, dass sie schwanger war, dann hätte er das auch gesagt, oder?"

Sylvia überlegt und fängt jetzt selber an, die Papiere hin und her zu wenden. Schließlich nuschelt sie hinter vorgehaltener Hand:

„Stimmt, da ist was dran."

Matthias überlegt wieder.

Plötzlich schlägt er sich mit der flachen Hand an die Stirn.

„Ich hab's!", ruft er und springt auf. „Der Pfarrer stammte aus Stuttgart! Ein katholischer Pfarrer aus Schwaben! Wo ist deine Tasche? Wo sind die Wetteraufzeichnungen von diesem Hafner?"

9

Nur widerwillig rückt Sylvia die alten Kladden raus.

Matthias wird das Gefühl nicht los, dass Sylvia den ganzen Fall jetzt eigentlich nicht mehr weiterverfolgen will, zumindest nicht öffentlich. Sie ist zwar nach wie vor daran interessiert, aus der Moorleiche touristischen Profit zu schlagen, indem sie eine für die Medien attraktive Geschichte daraus macht, aber nicht auf Kosten ihrer eigenen Familie. Sie ist vorsichtig geworden. Das liegt in ihrer Natur.

Offiziell und juristisch ist der Fall natürlich abgeschlossen, und jeden Versuch, an der Schuld von Franz Wimmer zu zweifeln, kann man sicher leicht als Verschwörungstheorie abtun. Aber es gibt doch gewisse Indizien, die das Gericht offenbar nicht gesehen oder einfach nicht gewürdigt hat – vielleicht weil die entsprechenden Schlussfolgerungen aus damaliger Sicht undenkbar gewesen sind. Aus heutiger Sicht jedoch – besonders wenn man die Aufzeichnungen des Pfarrers, die ja dem Gericht nicht vorgelegen haben, in den Fall mit einbezieht – ergibt sich zwingend der Verdacht, dass Bürgermeister Thanner irgendwie in die Sache verwickelt gewesen ist. Und damit wäre Sylvias Familie in den Fall verstrickt, und zwar tiefer als es ihr und ihrer ganzen Verwandtschaft lieb ist.

Was auch immer damals passiert ist, für Sylvia ist der Fall nun nicht mehr einzuschätzen, und daher will sie die Nachforschungen in ihrem eigenen Interesse gern einstellen.

Matthias aber ist in diesem Punkt ganz anders. Ihn hat die Neugier gepackt und er merkt, dass er kurz davor ist, etwas Entscheidendes zu finden.

Die halbe Nacht verbringt er damit, die Aufzeichnungen nochmals durchzulesen. Irgendwas ist ihm schon beim ersten Lesen aufgefallen, ohne dass er es hat einordnen können. Nun drängt sich ihm eine Frage auf, die er nicht beantworten kann, zumal er sie bisher auch nicht für wichtig gehalten hat. Dieses Bild, das er in der Stube des Grubner Hofes gesehen hat, geht ihm nicht mehr aus dem Sinn. An irgendwas hat ihn die Darstellung erinnert.

Er blättert in den Heften vor und zurück, aber er findet keine Antwort.

Gegen halb drei löscht er das Licht und legt sich schlafen.

Sylvia atmet ruhig und gleichmäßig neben ihm.

Er schläft sofort ein.

Im Traum erscheint ihm das Bild aus dem Grubner Hof. Ein Wald, ein See, Felsen, ein Kind, ein Mädchen mit langen geflochtenen Zöpfen. Als er auf das Kind zugeht, verschwindet es hinter dem Felsen. Matthias geht weiter, schiebt den Fels zur Seite und findet dahinter einen Beichtstuhl, inmitten eines Gartens. Darin sitzt ein Pfarrer und lauscht bedächtig, aber es ist niemand sonst zu sehen. Der Garten ist weitläufig eingezäunt, wie eine Pferdekoppel. Matthias sieht sich um und erblickt das Mädchen wieder. Es reitet auf einer großen Stute und kommt direkt auf ihn zu. Matthias will weglaufen, aber er kann seine Beine nicht bewegen, denn er steht in einer schlammigen Masse. Beim Versuch, sich zu befreien, verliert er das Gleichgewicht und fällt nach hinten. Er bekommt Panik, will sich aus dem Schlamm freistrampeln, aber er gerät immer tiefer in den Untergrund hinein. Plötzlich steht das Pferd neben ihm, und das Kind beugt sich herab und reicht ihm seine Hand. Es ist die Hand, die er selbst aus dem Schlamm gezogen hat, die Hand von Anna Wimmer.

Mit einem Ruck wird er wach und sitzt aufrecht im Bett. Er ist schweißgebadet. Der Wecker zeigt 7:17 Uhr an.

Das Bett neben ihm ist leer. Sylvia ist nicht mehr da. Gewöhnlich verlässt sie das Haus um halb sieben.

Er reibt sich die Augen und versucht, sich seinen Traum wieder in Erinnerung zu rufen. Er sieht diese Hand vor sich, dann das Kind, das Pferd, den Beichtstuhl. Er springt aus dem Bett und stürzt zu den Aufzeichnungen, die er am Abend vorher auf seinem Schreibtisch liegen gelassen hat.

Sie sind weg! Sylvia muss sie mitgenommen haben.

„Mist!", sagt er und schlägt mit der Faust auf den Tisch. Aber das macht nichts. Er hat die Texte so oft gelesen, dass er sie fast auswendig kennt. Krampfhaft geht er die markierten Stellen in Gedanken nochmals durch, und irgendwann erinnert er sich an den Eintrag, wo der Pfarrer schrieb, dass Anna wohl ein Tagebuch führen würde, und ... ja, genau, das war's, da hat der Stuttgarter Pfarrer etwas falsch verstanden. Es fällt ihm wie Schuppen von den Augen. Jetzt weiß er auch, woher er das Bild aus dem Grubner Hof kennt.

Mit einem Mal ist alle Aufregung verflogen. Er ruft im Büro an und sagt, er müsse sich nochmals einen freien Tag nehmen. Sein Chef will wissen, ob es ihm schlecht gehe, denn es sei ja bekannt, dass solche Erlebnisse, wie das Finden einer Leiche, oft traumatisch seien und Spätfolgen haben könnten. Aber Matthias verneint. Es gehe im besser als je zuvor, er müsse einfach etwas „erledigen".

Dann frühstückt er in aller Ruhe und fährt anschließend zum Grubner Hof.

„Dieses Bild, Frau Heumann, wissen Sie, wer das ist?“, fragt er und zeigt auf das Bild, das ihn unbewusst so sehr beschäftigt, dass es ihn sogar im Traum verfolgt hat.

Das Bild ist kaum größer als DIN A 4. Es zeigt einen See, an dessen Ufer ein etwa zehnjähriges Mädchen mit langen blonden Zöpfen und in bäuerliche Tracht gekleidet, an einen Felsen gelehnt steht.

Frau Heumann tritt näher heran.

„Des Buitl? Des is scho oiwei do gwen, des woas i scho ois Kind.“

„Erkennen Sie denn das Kind? Wissen Sie, wer das ist?“

„Wea wead des scho sei? Na, des woas i ned. A Kind hoit, a Madl.“ Frau Heumann zuckt mit den Schultern.

„Ich wette, das ist die Anna!“, sagt Matthias. „Darf ich es mal wegnehmen?“

„Freilich!“, sagt die Heumann und kommt näher.

Matthias nimmt das Bild vorsichtig von der Wand und betrachtet es am Fenster genauer.

„Da ist eine Signatur, und eine Jahreszahl, können Sie das lesen?“

Frau Heumann setzt ihre Brille auf.

„Zeings amoi her ... Hart - manns - berger, dat i song, und zwoa-ra-fuffzge, oda?“

„52, ja, das würde ich auch lesen“, sagt Matthias. „Der Maler ist nicht so wichtig, aber das Jahr. Anna ist im April 1843 geboren, im Sommer 1852 – das sieht hier nach Sommer aus – war sie neun, das könnte doch hinkommen, oder?“

Sie betrachten beide das kleine Mädchen mit den geflochtenen Zöpfen und den großen blauen Augen.

„Kannt scho stimma“, sagt Frau Heumann. „Aber wia woins des wissen? Schauts dea Leich gleich? Se homs ja gseng!“, kichert die Alte, doch Matthias lacht nicht, sondern schüttelt nur irritiert den Kopf.

„Um Gottes Willen, nein, aber die Gegend! Sehen Sie nicht? Das ist genau die Stelle, wo ich sie gefunden hab.“

„Jo mei, do bin i nia ned gwen“, meint Frau Heumann und zuckt wieder mit den Schultern. Die ganze Sache ist ihr persönlich scheinbar vollkommen egal.

„Dann wird's aber Zeit“, sagt er. „Kommen Sie! Wir gehen mal hin.“

Unterwegs erzählt Matthias: „Als ich das Bild zum

ersten Mal bei Ihnen gesehen hab, da war das wie ein Déjà vu.“

„A wos?“

„Na ja, so, als wenn man das schon mal erlebt oder gesehen hätte. Ich hab mir dann gedacht: ‚Solche Bilder gibt es ja oft, und sicher hab ich bereits so eines gesehen.‘ Aber irgendwie hat es mich dann die ganze Zeit verfolgt, bis mir irgendwann klar war, dass ich diesen Stein, an den das Kind sich anlehnt, schon gesehen hatte.“

„Den Stoa?“

„Genau, den ‚Stoa‘, sie sagen es, und zwar eben genau da unten.“

Sie schlagen sich durch das Unterholz und stehen schließlich direkt vor dem mannshohen Felsblock, der hier den weiteren Weg versperrt.

„Sie moanen, des waar dea Stoa auf unserm Buitl?“

„Ziemlich sicher“, sagt Matthias und zieht Frau Heumann links an dem Hindernis vorbei. „Nur die Perspektive muss man ändern.“

Sie steigen noch ein paar Schritte weiter hinab durch das Unterholz und Matthias bemerkt, dass Frau Heumann für ihr Alter noch ziemlich beweglich ist.

Jetzt stehen sie zwischen dem Felsen und dem Ufer, und Matthias zeigt in Richtung See.

„Da vorn habe ich sie gefunden, sehen Sie? Und jetzt schauen Sie mal da rauf."

Matthias deutet in Richtung des Felsens.

„Das ist doch die Perspektive von Ihrem Bild. Hier etwa muss der Maler, wie hieß er noch gleich, Hartmann...?"

„Hartmannsberger!"

„Genau, so hieß er, und hier muss er gestanden haben, sehen Sie?"

Matthias ist ganz außer sich und läuft schon wieder zurück zu dem Fels.

„Und hier muss die Anna gestanden haben. So!" Und er lehnt sich gegen den Fels, wie das Mädchen auf dem Bild es auch getan hat.

Frau Heumann schaut ihn von der Perspektive des Malers aus an und sagt: „Stimmt, kannt scho sei, wenn ma sich de Baam weckadenkt ..."

„Klar", sagt Matthias. „Die ganze Szene ist heute stark überwuchert, aber damals muss das hier alles fast frei gewesen sein. Eine Wiese vielleicht, und Schilf, wie auf dem Bild."

Sie schauen sich beide schweigend an. Matthias überlegt. Frau Heumann sieht auf ihre Uhr.

„So! Und jezzad? Wos hamma jetzt davo?", fragt sie nach kurzem Schweigen.

Matthias schnippt mit den Fingern.

„Wissen Sie? Die Anna hat ein Tagebuch geführt, und der Franz hat ihr hinterherspioniert ..."

„Wos Sie ois wissen!", unterbricht ihn die Heumann. „Wer hod eana des gsogt?"

„Der Pfarrer!", sagt Matthias. „Der hat's aufgeschrieben und ich hab's gefunden, genau wie ich die Leiche gefunden habe: zufällig."

„Wos für a Pfarrer?", fragt die Heumann, die zum ersten Mal neugierig zu sein scheint.

„Der Rimstinger Pfarrer damals hieß Paul Hafner und war ein Schwabe. Dem hat die Anna in der Beichte gesagt, sie lebe in Sünde."

„Jesses-Maria-und-Josef" sagt Frau Heumann und bekreuzigt sich schnell.

„In Sünde? Hod's gmoant, sie hod an andern ghabt?"

„So schaut's aus. Und der Hafner hat verstanden, sie könne sich nur dem *Herrn Stohr* anvertrauen, verstehen Sie?" Matthias schaut sie eindringlich an.

Frau Heumann versteht aber nichts. Das sieht er ihr an und blickt rüber zu dem Fels.

„Dem Stohr?", fragt Frau Heumann, und plötzlich sieht er förmlich wie der Groschen bei ihr fällt. „Ah! Dem Stoa hod's gmoant, *dem Stein*!", wiederholt sie in ihrem besten Hochdeutsch.

„Das könnte doch sein, oder? Der Pfarrer hat es im Beichtstuhl nicht genau verstanden, oder sie hat es nur gemurmelt, da bin ich mir ziemlich sicher. Jedenfalls gab es Gerüchte und Gerede im Dorf, dass Anna einen Anderen habe, aber niemand wusste, wer der große Unbekannte war, und dann klammerte der Herr Pfarrer sich an dieses eine Wort von ihr."

„Guat, des kenn ma vo de Pfarrer, dass ned ois vaschtenga", sagt die Heumann und lacht schelmisch. „Aba moana deans es scho!"

„Nur gut, dass er es aufgeschrieben hat", sagt Matthias und lacht auch.

„Aber was heißt das jetzt?", fährt er nach einer Weile fort. „Anna hat einen anderen gehabt, das ist ziemlich sicher, und diesen Platz hier, wo wir jetzt stehen, den hat sie schon als Kind gekannt und wahrscheinlich gemocht. Selbst als erwachsene Frau sagte sie noch, sie vertraue sich dem Stein an. Sie hat diesen Stein hier gemeint." Während er das sagt, klopft Matthias mit der Hand auf den feuchten rauen Fels.

„Ich wette, hierhin hat sie sich zurückgezogen, wenn es ihr möglich war, hier hat sie vielleicht gelesen und ihr Tagebuch geschrieben, hier hat sie leicht ihren Liebhaber treffen können, und hier ist sie sicher auch gestorben, und da unten war für mehr als hundert Jahre ihr Grab."

Matthias blickt auf den See hinaus.

Während er spricht, hat Frau Heumann den Stein einmal umrundet.

„Na, i dat mit so am Stoa ned redn."

„Anna vielleicht schon! Sie hat Tagebuch geführt, sie hat sich ihrem Tagebuch anvertraut ...", denkt Matthias laut nach. Und plötzlich springt der Gedanke ihn förmlich an.

„Was also liegt näher, als dass sie das Buch auch hier versteckt hat? – wenn der Franz ihr doch hinterherspioniert hat."

Frau Heumann versteht sehr wohl, auf was Matthias hinaus will und geht wieder auf die andere Seite des Felsbrockens, um ihn abzutasten.

„Schauns a moi her do. Do is a ziemliche Speuten", sagt sie und greift hinein. Matthias steht sofort neben ihr.

Der Fels hängt auf dieser Seite stark über, und eine senkrechte Spalte verläuft über den Überhang hinweg. Frau Heumann hat ihren halben Arm von unterhalb des Felsvorsprungs nach oben in den Stein geschoben und steckt jetzt fast bis zur Schulter in der Spalte.

„Glaabst des? Do is wos drin!", sagt Evi und ist plötzlich auch ganz aufgeregt. Sie zieht ihre Hand wieder zurück, krempelt den Ärmel hoch und steckt ihren ganzen Arm in die Spalte.

„Do is wos!", wiederholt sie und fingert weiter. Matthias steht wie gebannt neben ihr.

„Lassen Sie mich mal!"

„Na, jetz hob i's glei", sagt sie und zieht etwas Dunkles heraus, das wie ein Bündel aus schwarzem Leder aussieht.

Matthias nimmt es vorsichtig an sich. Es ist eine kleine lederne Mappe. Er schlägt sie auf und findet darin eingeschlagen ein in Leder gebundenes Buch.

„Das Tagebuch der Anna Wimmer!", sagt er mit halb erstickter Stimme und öffnet es vorsichtig. Er hat es von hinten aufgeschlagen und blättert solange, bis er den ersten Eintrag erreicht.

„4. Juli 1869", liest er vor.

„Sappralott!", stößt Frau Heumann hervor und hält sich die Hand vor den Mund.

10

Es dauert den ganzen Rest des Tages bis Matthias das Tagebuch durchgelesen hat.

Das Buch selbst hat einen Einband aus Leder, und Anna muss es jedes Mal wieder in eine lederne Tasche eingepackt haben, bevor sie es in der Felsspalte versteckte. Dort war es sicher und vor allem trocken aufgehoben, denn die Spalte war nur von unten zugänglich, so dass kein Wasser in den Hohlraum eindringen konnte.

Das hat sie also gemeint als sie beichtete, sie vertraue sich nur ihrem Tagebuch an – und dem Stein. Sie wollte einfach nur ausdrücken, dass sie ihr Tagebuch dem Stein anvertraute, denn offenbar waren ihre Sachen im Haus vor ihrem Mann nicht sicher.

Die lederne Mappe hat innen eine kleine Einstecktasche. Darin steckt ein etwa zehn Zentimeter langer hölzerner Bleistift, der am oberen Ende sogar leichte aber deutliche Bissspuren aufweist.

Matthias behandelt das Buch mit der gleichen Vorsicht, mit der die Polizeibeamten mit der Leiche von Anna Wimmer umgingen, als sie diese aus ihrem schlammigen Grab befreiten.

Das Buch ist in einem erstaunlich guten Zustand. Zwar ist an einigen Stellen die Schrift so stark verblasst, dass sie nicht mehr zu entziffern ist, und das Papier ist seitenweise brüchig, aber insgesamt hat es den Zeitraum von 130 Jahren sogar besser überstanden als die Leiche seiner Schreiberin.

Auf der ersten Seite hat Anna fein säuberlich ihren Namen geschrieben: Anna Maria Wimmer, Gruben.

Den ersten Eintrag hat sie am Sonntag, den 14. Mai 1864, verfasst. Über etwa fünf Jahre hinweg hat sie in kleiner aber sicherer und regelmäßiger Handschrift einen Teil ihres Lebens aufgeschrieben.

Jedem Eintrag ist das Datum vorangestellt, und die Texte selbst sind meist sehr kurz und prägnant. Ganz selten hat sie irgendetwas durchgestrichen oder überschrieben. Matthias hat den Eindruck, dass jeder Satz im Voraus gedanklich vorformuliert gewesen sein muss. Ohne Zweifel war sie penibel und akkurat.

Alle Einträge stammen aus den Frühjahrs-, Sommer- und Herbstmonaten, weisen aber keine zeitliche Regelmäßigkeit auf. Manchmal verfasste sie täglich Einträge, oft aber hat sie wochenlang nichts geschrieben. Es sieht so aus, als sei sie im Winter nicht an diese Stelle am See gekommen.

Was sie aufgeschrieben hat, zeugt von einer tiefen Verwurzelung in ihre Kultur, aber gleichzeitig auch von einem ständigen Zweifel an den Werten ihrer Gesellschaft.

Sie beschrieb ihre alltägliche Welt in einfachen Worten und äußerte sich häufig über die Dinge, die sie nicht verstand. Oft formulierte sie nur Fragen, auf die sie wie in Selbstgesprächen eine Antwort zu finden versuchte. Dabei blieb sie meist sehr ernst, fast schwermütig, und nur ganz selten formulierte sie positiv, aufmunternd oder gar witzig.

Immer wieder kam sie auf die gleichen Themen zurück: Zunächst Familie und Religion, später dann Literatur und Amerika.

In der ersten Zeit kreisten ihre Gedanken ausschließlich um ihre Familie, speziell ihre Mutter. Aber auch über ihre Brüder und ihren Ehemann schrieb sie anfangs, während sie ihren eigenen Vater meistens ausblendete.

Matthias hat den Eindruck, dass sie ihre eigene Kindheit und ihre frühen Jugendjahre durchaus als glücklich empfunden hat. Früh hat sie auf dem elterlichen Hof mitarbeiten müssen, indem sie vor allem ihre Mutter unterstützte. Zu ihren jüngeren Brüdern hatte sie vielleicht deswegen eine fast mütterliche Beziehung.

Dass sie dann mit 16 Jahren diese, ihre Welt verlassen musste, um einem 15 Jahre älteren Mann auf einem einsamen Hof als Magd zu dienen, muss für sie ein traumatisches Erlebnis gewesen sein.

Männer sind nur gemeinsam stark, jeder einzelne von ihnen ist schwach. Deswegen müssen sie zusammenhalten. In einer Familie sollte es umso mehr so sein, Blut ist dicker als Wasser – aber wenn es nicht so ist? Mich haben sie herausgebrochen und weggeschickt. Warum kann man sich seine Familie nicht selbst aussuchen? Ich habe immerhin zwei, andere haben keine, aber wer ist besser dran?

Immer wieder kam sie auf ihre Mutter zu sprechen, der sie ihr ganzes Unglück anlastete.

Warum hat Mutter mich nur auf diesen unseligen Hof geschickt?, fragte sie sich am 5. April 1865. *Hätte ich nicht noch warten können, wäre daheim nicht Platz für mich und den Maxi gewesen? Viel hätte ich doch nicht gebraucht? Meine Jugend ist dahin, gestohlen, geraubt, verkauft, verschenkt. Darum will der liebe Gott, daß ich keine Kinder bekomme.*

Ihr Verhältnis zur Religion war zutiefst zwiespältig. Einerseits war sie selbst scheinbar zutiefst gläubig, denn immer wieder flehte sie den lieben Gott um Hilfe an. Andererseits verzweifelte sie daran, dass Gott nicht in das Schicksal der Menschen eingriff. Sie suchte den Kontakt zum Pfarrer und empfand aber auch bei ihm nur eine offenkundige Gleichgültigkeit der Kirche gegenüber den wahren Nöten der Menschen. Auch persönlich kam Pfarrer Hafner in ihren Einträgen meist schlecht weg:

... und was weiß der schon vom wirklichen Leben seiner Schäfchen?, schrieb sie einmal. *Davon, wie's in den Schafställen zugeht, macht er sich keine Vorstellung, das Schaf.*

Er hat angeblich all die Bücher studiert, die er auf Erden besitzt, aber er weiß nur, wie es im Jenseits weitergeht. Was hier im Diesseits passiert, das kennt er nicht! Er ist weit gereist und kommt hierher, um uns was zu sagen. Aber was nur? Daß die Leute reden? Und daß es besser ist, wenn alles ruhig ist. Die ewige Ruhe – wer sehnt sich nicht danach?

Irgendwann musste sie angefangen haben, Bücher zu lesen, denn mit der Zeit äußerte sie sich auch über die Literatur, die sie las. Je mehr sie schrieb, umso mehr scheint sie auch gelesen zu haben – oder umgekehrt – und oft hat Matthias den Eindruck, dass sich ihr Schreibstil durch das Lesen zeitweise änderte.

Einmal erwähnte sie sogar Shakespeare, den der Pfarrer ihr wohl empfohlen hatte.

Eigentlich nicht schlecht, dieser Engländer Shakespeare. Er ist wie das Leben: Er bringt mich zum Weinen und zum Lachen, er läßt mich hoffen und verzweifeln, träumen und resignieren. Die Menschen, die er auftreten läßt, erscheinen mir so real, als würde ich sie seit jeher kennen. Und dann hat er eigentlich auch immer nur ein Thema, darin ist er mir ähnlich: Die Familie, immer wieder die Familie. Alles kreist um die Familie. Aber ich glaube, sein Verhältnis zu Frauen war nicht das beste: ‚Schwachheit, dein Name ist Weib', läßt er im Hamlet sagen, aber diese Aussage hätte er sich sparen können.

An anderen Stellen zitierte sie auch aus ‚Othello'. Desdemonas persönliche Tragödie berührte sie stark. Welch eine Ironie des Schicksals!

Immer wieder schrieb sie über die Freiheit, nach der sie sich sehnte.

Einerseits wollte sie aus ihrer Welt ausbrechen, andererseits empfand sie schon allein den Wunsch danach als Sünde. Als sie mit den politischen und religiösen Hintergründen der damaligen Auswanderungswellen nach Amerika persönlich in Berührung kam, sah sie dies als Lösung ihres Dilemmas an. Fortan meinte sie, ihre Freiheit nur in Amerika finden zu können. Das Leben in der Neuen Welt scheint sie fasziniert zu haben.

Einfach wie ein Vogel davonzufliegen und dort hinzukommen, wo das Leben neu beginnen kann, das ist mein Traum – ein neues Leben, in einer neuen Welt, der Neuen Welt.

Irgendwann trat Andreas Thanner in ihr Leben, und ihr Schicksal nahm seinen Lauf.

Sie verliebte sich Hals über Kopf in ihn und erstattete fortan ausführlich über ihn und ihre Beziehung zu ihm Bericht:

Der verlorene Sohn ist zurückgekehrt – zurück aus der Großstadt, zurück nach Prien, wo er hingehört, der Glückliche, er durfte nach Hause kommen.

Andreas Thanner hatte in München studiert und war dort irgendwelchen Geschäften nachgegangen. Er war wieder zurück in seine Heimatgemeinde Prien gekommen, um das elterliche Geschäft zu übernehmen. Aus der Stadt hatte er eine Frau und ein Kind, einen Jungen, mitgebracht. Kurz nach seiner Rückkehr wurde er Bürgermeister der Gemeinde. Das war 1866. Anna war gerade 22 Jahre alt, er war sechs Jahre älter.

Als Kind hatte sie zwar von ihm gewusst, ihn eigentlich aber nicht gekannt.

Für Anna war er das Tor zu einer anderen Welt, und sie klammerte sich an ihn, sobald er ihr die Gelegenheit dafür bot.

Beim Kathreinmarkt im November 1866 waren sie sich zum ersten Mal näher gekommen, aber erst am 5. Mai 1867 notierte sie diese erste Begegnung mit ihm:

Beim Gang durch die Stände hatte ich ihn schon bemerkt, aber ihn schnell wieder aus den Augen verloren. Als ich mir die Pferde besah, stand er urplötzlich neben mir und griff mich an der Schulter.

Ich sei doch das Dreier Annerl, meinte er. Das Blut schoss mir in den Kopf und ich hielt den Blick gesenkt. „Die war ich mal", stotterte ich, ich sei jetzt die Wimmer Anna.

Er heuchelte Überraschung, aber ich merkte, daß er log. „Die Wimmer Anna? Vom Grubner?"

„Gibt es sonst noch einen Wimmer?"

„Nein, einen Solchen gibt es keinen Zweiten", sagte er und lachte so laut, daß die Umstehenden auf uns aufmerksam wurden.

Ich wußte zwar, was er meinte, aber jetzt spielte ich die Ahnungslose.

„Kennen Sie ihn denn?"

Er sagte, er kenne jeden in der Gegend und wisse was die Leute so reden. Dabei hielt er mich immer noch an der Schulter und zog mich ein paar Schritte weg von den Leuten. Wenn ich genauer wissen wolle, was er meine, dann könnten wir uns ja mal unterhalten.

Mein Herz schlug mir bis zum Hals, und ich glaube, ich brachte kein Wort heraus, aber ich muß wohl genickt haben, denn er lächelte mich an und war gleich darauf verschwunden.

Im Frühjahr 1867 trafen sie sich zum ersten Mal allein.

Nach der Heiligen Messe trat er an mich heran und raunte mir zu, ob ich das Schlierholz kenne. Der Franz ist dann zum Lindenwirt gegangen, und ich machte mich auf den Weg nach Hause. Als ich beim Schlierholz vorbei kam, war er schon da. Wir sahen uns an, er lachte, er freute sich, aber mir schnürte eine eiskalte Hand die Gurgel zu, und von unten pochte mein Herz so laut dagegen, daß ich Angst hatte zu zerspringen. Er griff wortlos nach mir.

Mein Gott, was habe ich getan, daß mir jede Kraft fehlte?

Fortan trafen sie sich regelmäßig heimlich an ihrem Platz am See, beim Stein, und sie beschrieb ohne Scham wie sehr sie ihn körperlich begehrte und die wenigen gemeinsamen Stunden genoss:

Wenn er bei mir liegt und mich erst auf den Boden drückt und dann an sich zieht, kommt es mir vor, als wolle er mich tief in sich hineinziehen, mich verinnerlichen ... und wenn er ganz in mir ist, wird mir so heiß, daß ich mit ihm verschmelzen möchte.

An vielen Stellen spürt Matthias deutlich, die innere Anspannung, die ihre Beziehung zu Andreas Thanner mit sich brachte. Speziell nach ihren Treffen schrieb sie regelmäßig, sie *lebe in Sünde*, und wiederholte es so oft, als wolle sie es sich von der Seele schreiben.

Dann aber gab es auch Momente, in denen sie all dies billigend in Kauf nahm:

Lieber lache ich wie eine Sünderin, als daß ich weine wie eine Heilige.

Über ihren eigenen Mann Franz berichtete sie irgendwann fast gar nichts mehr. Meist wurde er dann nur noch als *er* tituliert, und was er sagte und tat waren für sie Banalitäten, die sie nicht kommentierte. Es ist deutlich zu spüren, dass sie keinerlei Respekt, aber auch keine Furcht mehr vor ihm hatte. Dass er trank, erwähnte sie, und dass es schade sei um das viele Geld, aber ansonsten war es ihr egal.

Im Sommer 1868 bemerkte sie ihre erste Schwangerschaft und war schockiert. Sofort war sie sich sicher, dass sie das Kind von Andreas Thanner in sich trug.

Dass sie während ihrer bis dahin sechsjährigen Ehe nicht schwanger geworden war, obwohl es in regelmäßigen Abständen zu *Verkehr mit ihm gekommen war*, hatte sie als Indiz dafür interpretiert, dass sie unfruchtbar war. Jetzt wusste sie, dass es an Franz gelegen hatte, und sie besprach sich mit Andreas Thanner. Der wiederum sah die Sache scheinbar gelassen und sagte:

... dann kannst doch so tun als sei es sein Kind. Das hat's alles schon gegeben.

In den folgenden Einträgen merkt Matthias, dass dies ihr christliches Weltbild aus den Fugen hob. Sie hatte erwartet, dass er sich zu ihr bekennen würde, und da er es offensichtlich nicht tat, fühlte sie sich nur noch schuldiger und war völlig niedergeschlagen. Fast täglich äußerte sie nun, dass sie ausbrechen und ein neues Leben beginnen müsse: *Die Neue Welt, Amerika, dort ist alles möglich!,* schrieb sie.

Im Frühjahr 1869 begann das letzte Jahr ihrer Aufzeichnungen. Mitte März kam sie wieder an den See und notierte:

Wie schön es ist, nach diesem strengen kalten Winter wieder hier zu sein. Der See ist noch kühl, aber das Wasser erfrischt und reinigt mich. Wenn ich hier überhaupt irgendwo hin gehöre, dann hierher, an diesen friedlichen Ort, wo ich mich spüre und alles, was ich liebe.

Und später:

Elisabeth habe ich erst an Lichtmeß getauft, denn wie hätte ich das Kind, das aus der Sünde entstanden ist, in der Weihnachtszeit dem Herrgott übergeben können? An Lichtmeß hat auch Maria sich gereinigt.

In den Monaten danach schmiedete sie konkrete Pläne für eine Auswanderung. Immer wieder erwähnte sie eine Cousine namens Sophie aus Hittenkirchen und den dortigen Bachlerhof, von wo aus in den letzten Jahren mehrere Bewohner ausgewandert wären. Dort holte sie sich offenbar heimlich Informationen über die Verschiffung ein.

Sie erfuhr unter anderem, dass vor einer Auswanderung die Vermögensverhältnisse offenzulegen waren, um eine etwaige *Flucht vor Schulden* zu verhindern. Von daher schloss sie eine heimliche Auswanderung aus. Sie wollte *mit offenen Karten spielen.*

Darüber sprach sie aber scheinbar selten mit Thanner, denn seine Reaktionen auf ihre Pläne erwähnte sie nicht. Es scheint fast, als hätte sie sich damit abgefunden, alleine das Land zu verlassen, aber sie hoffte noch inständig, denn sie schrieb oft über Thanners Ehe, die sie für genauso arrangiert hielt wie ihre eigene.

Im Juni 1869 bemerkte sie ihre zweite Schwangerschaft und war sich zunächst unschlüssig, was Andreas dazu sagen würde. Sie war diesmal aber ziemlich schnell davon überzeugt, dass sie nun ausbrechen musste, dass es kein Verbleib in ihrem alten Leben geben konnte.

Der letzte Eintrag stammt vom 4. Juli 1869, dem Tag, an dem sie verschwand.

Was für ein herrlicher Sonntag!, schrieb sie. Ich liege im grünen Gras und beobachte die hohen Wolken, wie sie vorbeiziehen ohne Halt zu machen. Nichts hält sie auf, so wie mich. Ich wünschte, ich wäre eine Wolke.

Ich spüre das neue Leben in mir und hoffe, daß es auch mir zu einem neuen Leben verhelfen wird.

Heute werde ich es ihm sagen, und dann wird er sich zu mir bekennen, denn er ist ein guter Mensch, gefangen in einer Welt, die nicht die seine ist. Ich bin die seine – das sehe ich in seinen Augen, wenn er bei mir ist, und mich so glücklich macht mit dem, was er sagt, aber auch so traurig mit dem, was er nicht sagt.

Heute hat der Pfarrer gepredigt, daß die Liebe das Wich...

Hier bricht das Tagebuch ab.

Danach kann sie nicht mehr lange gelebt haben.

11

Als Sylvia am Abend nach Hause kommt, findet sie Matthias am Küchentisch sitzend vor. Offenbar hat er auf sie gewartet.

„Bist du schon da?", fragt sie erstaunt.

„Ich war heute wieder nicht im Büro", sagt Matthias. „Ich hatte etwas Wichtigeres zu tun."

„Oh, das hört sich ja wieder dramatisch an. Was denn?"

„Eigentlich hätte ich die Tagebücher vom Pfarrer zurück geschmuggelt, aber die waren ja nicht mehr da!"

„Stimmt!", sagt Sylvia. „Die habe ich mir auch ‚ausgeliehen' – wie du es nanntest. Onkel Peter wollte sie mal lesen, denn das ist heimatgeschichtlich ja doch sehr interessant. Er bringt sie dann zurück."

„Wie bitte?", fragt Matthias. „Das würde ich schon ganz gern selber machen, sonst passiert da noch was."

„Ach beruhig dich doch", wiegelt Sylvia ab. „Da wird nichts mehr passieren, gar nichts."

„Wenn du dich da mal nicht täuschst. Ich glaube, dass da noch jede Menge passieren wird, denn ich habe das letzte Puzzlestück gefunden. Damit haben wir so eine Geschichte, wie du sie immer haben wolltest."

„Hört sich ja noch dramatischer an“, scherzt Sylvia leicht verächtlich. „Und demnach sind doch wir Thanners an allem Schuld?“

„In gewisser Hinsicht schon“, lacht Matthias.

Sylvia zieht die Stirn in Falten.

„Du willst uns doch was ans Zeug flicken, oder?“

„Unsinn! Aber wenn du dich damals nicht gefragt hättest, was aus der kleinen Elisabeth geworden ist, dann hätten wir die ganze Sache sicher auf sich beruhen lassen, aber jetzt weiß ich was, das können wir nicht unter den Teppich kehren. Auch wenn es dir vielleicht nicht passen wird.“

„Jetzt machst du mir ja richtig Angst.“

„Nicht nötig! Aber komm mit, ich muss dir was zeigen.“

„Du willst noch wegfahren? Ich glaube, da zieht ein Gewitter auf.“

Sie fahren zum Langbürgner See und parken den Wagen am Waldrand.

Die Sonne scheint noch heiß, doch am Horizont ballen sich hohe Wolken zusammen. Schweigend gehen sie den Weg, dem Matthias nun schon so oft gefolgt ist, dass er ihn im Schlaf kennt. Sylvia beobachtet ängstlich den Himmel im Westen.

Nach ein paar Minuten erreichen sie den Stein und klettern an ihm vorbei.

„Was wissen wir jetzt alles über die Anna?", fragt Matthias. Ohne auf eine Antwort zu warten, spricht er weiter:

„Sie wurde am 26. April 1843 als Anna Maria Dreier in Greimharting geboren. Sie war das erste Kind der Eheleute Max und Johanna Dreier, die anschließend noch drei Buben bekamen.

Ihre Mutter, Johanna, hatte einen entfernten Cousin, Franz Wimmer. Der lebte auf diesem Grubner Hof, direkt da oben, und als er auf die dreißig zuging, da hatte er immer noch keine Frau und ist scheinbar auch zu blöd gewesen, um eine zu finden, oder wie auch immer ... Jedenfalls drohte die Linie auf dem Hof dann auszusterben, und die Familie bemühte sich, ihm zu helfen."

„Familien sollten eben zusammenhalten", merkt Sylvia an.

„Du meinst ‚Blut ist dicker als Wasser'?"

Sylvia ignoriert ihn und schaut ungeduldig in den Himmel.

„Nichts gegen gesunde Familienbande", sagt Matthias, „aber verkauft man deswegen die eigenen Kinder?"

„Wieso verkaufen?" Sylvia scheint nicht ganz bei der Sache zu sein. Das Wetter macht ihr offenbar mehr Sorgen als das Schicksal Anna Wimmers.

„Na ja, diese Johanna Dreier schickte ihre älteste

Tochter, die Anna – sie war gerade 16 – als Magd auf den Grubner Hof und meinte, dass diese dann wenigstens versorgt werden würde. Den eigenen Hof hätte Anna ja eh nicht bekommen, denn da gab's noch drei Buben."

„Klar, so lief das seit Jahr und Tag – und das ist auch gut so."

„Soweit vielleicht. Jedenfalls ging die Rechnung der Johanna Dreier wohl auf. Ich denke mir, der Franz hat sich dann einfach an die Anna rangemacht, und wer weiß, was so ein alternder Jungbauer auf einem einsamen Hof sich alles ausspinnt? Vielleicht hat man die Anna dann auch ein bisschen gedrängt, denn sie hat sicher nicht freiwillig geheiratet."

„Soll vorkommen", sagt Sylvia. „Auch heute noch, und in besten Kreisen."

Matthias ignoriert die Bemerkung und fährt fort: „Und dann kriegten sie keine Kinder. Erst nach sieben Jahren Ehe – Anna ist 24 gewesen – kam Elisabeth zur Welt, meine Urgroßmutter. Ganz Prien und Rimsting tratschte, dass das Kind nicht von ihrem Bauern sei, sondern dass sie jemand anderen habe."

„Die Leute tratschen immer, gestern wie heute", sagt Sylvia und blickt nach Westen. Die Wolken türmen sich jetzt bedrohlich auf.

„Klar!“, sagt Matthias. „Und wie so oft, war da auch was dran. Nur wusste man nicht, wer es denn hätte sein können. Aber ich glaube, ich weiß jetzt, wer der Vater von ihrem Kind war.“

„Ach ja?“, fragt Sylvia spöttisch. „Ich wette, du tippst auf meinen Ur-ur-oder-so-großvater.“

„Genau!“, sagt Matthias. „Thanner, Andreas Thanner, damals Bürgermeister der Marktgemeinde Prien, war der Vater der kleinen Elisabeth!“

Sylvia blickt ihn ungläubig an und denkt offenbar nach. Dann lacht sie plötzlich. „Ist das die Ludwig-II-*light*-Version? Du spinnst doch!“

Matthias schweigt und sieht sie regungslos an.

„Obwohl ... wenn das stimmt“, sagt sie schließlich abwägend, „dann bin *ich* doch eine direkte Nachfahrin der kleinen Elisabeth ...“

„Nicht ganz“, unterbricht Matthias sie. „Sie war eine Halbschwester deines Vorfahren.“

„Na, wie auch immer“, setzt sie fort, „aber dann könnte *ich* doch heute noch die Auszahlung dieser Lebensversicherung beantragen, oder? Waren das nicht tausend Gulden? Was immer das war, aber verzinst über ... hundertdreißig Jahre? – ich denke, da kommt ein nettes Sümmchen zusammen. Wissen wir eigentlich, wer der Versicherer war?“ – und sie schmunzelt bei diesem Gedanken, doch Matthias bleibt ernst.

„Was für eine Hinterhältigkeit von diesem Thanner!“, sagt er. „Er wusste ja wohl, dass Elisabeth sein eigenes Kind war, aber damit sie auch ganz sicher versorgt war, falls ihrer Mutter was zustoßen sollte, ließ er den gehörnten Ehemann auch noch in eine Lebensversicherung für das Kuckucksei einzahlen. Und vor Gericht versuchte er, dem Franz daraus noch einen Strick zu drehen! Da hast du – da haben *wir* – einen netten Vorfahren gehabt.“

Mit einem Mal wird Sylvia dieser Zusammenhang bewusst, und ihre Miene verfinstert sich wieder.

„Ja“, sagt sie, „wenn das stimmen würde, dann wären wir beide doch auch verwandt, du und ich.“ Und dabei tippt sie mit ihrem Zeigefinger gegen seine Brust.

Matthias blickt sie schweigend an und nickt dann langsam mit dem Kopf.

„Richtig, und wenn es so ist, dann wäre das ein weiteres Indiz dafür, dass Thanner der biologische Vater von Elisabeth Dreier, geborene Wimmer, war ...“

Er macht eine Pause. Sylvia schaut ihn an, als wolle sie sagen ‚Und? Weiter?‘

„... also auch mein direkter Vorfahre. Und um das rauszukriegen“, fährt er fort, „habe ich letzte

Woche heimlich einen DNA-Test machen lassen. Deine Zahnbürste hat mir dafür gereicht."

Das ist zwar gelogen, aber er merkt, dass er ihren Zweifeln damit den Nährboden nimmt. Sylvia erstarrt.

„Sylvia", sagt er nach kurzem Schweigen, „es ist ziemlich wahrscheinlich, dass wir beide verwandt sind."

Sylvia wird blass und vergisst, nach den Wolken zu sehen.

Für eine Sekunde denkt sie an das Kind, das sie verloren hat, aber sie schüttelt den Gedanken sofort wieder ab.

„Du verarschst mich, oder? Das ist doch wieder einer von deinen schlechten Witzen!"

„Nein, Sylvia. Aber ich hätte es mir auch wirklich sparen können – den Test meine ich – denn ich habe mittlerweile noch einen anderen Beweis gefunden, und der ist sogar hundertprozentig."

„Ach ja?"

„Weißt du noch? – das Bild im Grubner Hof, das ich schon mal gesehen hatte. Anna muss es mitgebracht haben, als sie auf den Hof kam, denn es zeigt sie als Neunjährige, und zwar genau hier, wo wir jetzt stehen."

Sylvia blickt sich um.

„Dieser Stein hier ist vielleicht schon Annas

Lieblingsplatz gewesen, als sie noch ein Kind war. Jedenfalls hat sie sich hierhin auch später immer wieder zurückgezogen. Hier hat sie Andreas Thanner getroffen, und hier hat er sie auch erschlagen."

Sylvia wird wütend.

„Wieso soll *er* sie erschlagen haben?"

„Ich vermute, weil auch das zweite Kind von ihm war. Anna war im fünften Monat, als er sie hinterrücks mit ihrem eigenen Beil erschlug und hier unten im Wasser versenkte. Das erste Kind hatten sie dem Franz untergeschoben, weil der das eh nicht gemerkt hat. Aber Anna hat sich ziemliche Vorwürfe gemacht, und beim zweiten Kind, da konnte sie nicht mehr lügen und wollte es ihm sagen, aber dabei wäre der Thanner bloßgestellt worden, denn der hatte ja selbst Frau und Kind."

„Das ziehst du dir doch aus der Nase! Jedenfalls ist das absolut geschmacklos, was du da sagst."

„Sicher! Geschmacklos, ja, aber es ist wahr. Und ich glaube, dass er mit seiner Schuld dann doch nicht mehr hat leben können oder wollen, und deshalb ist er freiwillig in diesen Krieg gezogen."

„Schmarrn!", keift Sylvia. „Er hat sein Vaterland geliebt! Und diesen Krieg, den wollte doch das ganze Volk."

„Geh weida!" Matthias lacht hämisch. „Dem war doch sein Geschäft wichtiger als das Deutsche

Reich. Aber das ist mir auch egal, ich hab hier nämlich einen Beweis; und der ist ziemlich überzeugend."

Matthias greift in seine Jackentasche und zieht Anna Wimmers Tagebuch heraus.

„Hier!", sagt er und hält Sylvia das lederne Bündel vor die Nase. „Anna hat alles aufgeschrieben, fein säuberlich, in ihrem Tagebuch; und ich hab's gefunden, genauso wie ich sie selbst gefunden habe, zufällig. Sie da unten, das Buch da oben."

Matthias deutet erst auf den See hinaus, dann zu dem Stein hinüber. Sylvia sagt kein Wort.

„Dort oben", fährt Matthias fort, „in einer Spalte im Fels hatte sie das Buch versteckt. Es ist noch genauso gut erhalten wie Anna selbst." Sylvia ist sichtlich perplex. Aber es dauert nur eine Schrecksekunde, bis sie die Bedeutung des Tagebuchs erfasst hat. Sie springt vor und will ihm das Buch entreißen.

„Das glaube ich nicht! Lass sehen!"

Matthias wehrt sie ab. „Damit du es wieder deinem Onkel Peter geben kannst? Weil es heimatgeschichtlich ja so interessant ist?"

„Was steht denn drin?", schreit sie hysterisch.

Erste Blitze durchzucken den Himmel hinter dem See. Das Unwetter rollt auf sie zu.

„Schrieb sie, wie er sie erschlagen hat?"

„Sylvia, was soll das? Nein, natürlich nicht, aber die ganze Affäre zwischen ihr und Thanner – das steht hier drin! Sie hat alles aufgeschrieben."

„Na und? Was sagt das schon? Dann könnte es doch trotzdem der Franz gewesen sein, vielleicht weil er ihr auf die Schliche gekommen ist. Die Bauern sind manchmal nicht so blöd wie sie aussehen."

Sie schaut ihn hasserfüllt an.

„Sylvia! So kenn ich dich ja gar nicht. Was willst du eigentlich?"

„Ich will nicht zulassen, dass du den Namen meiner Familie in den Dreck ziehst, weil irgendeine Bauerndirne vor hundert Jahren irgendeinen Unsinn geschrieben hat!"

Sylvia ist plötzlich außer sich und bemerkt nicht, dass der Himmel über ihnen mittlerweile fast schwarz ist.

„Familie?", zischt Matthias. „Der Mann ist seit über hundert Jahren tot."

„Und? Der Wimmer Franz ist genauso lange tot, und alle Welt glaubt, dass er es war. Warum belassen wir es nicht einfach dabei?"

„Weil es nicht wahr ist! Sylvia, wir müssen das hier veröffentlichen", sagt Matthias, und seine Stimme nimmt langsam auch einen bedrohlichen Unterton an.

Er hält ihr wieder das Tagebuch unter die Nase

und fährt sie an: „Du warst es doch, die eine richtige Story haben wollte! Jetzt haben wir sie, und jetzt bringen wir sie auch raus! – Basta!"

„Nein!", sagt Sylvia langsam aber bestimmt. Sie steht jetzt ganz nah vor ihm. „Das werden wir ganz bestimmt nicht tun." Sie spricht jedes ihrer Worte einzeln aus und tippt dabei mit ihrem Zeigefinger heftig gegen seine Brust.

„Du hast dich eh schon in mein Leben gedrängt", sagt sie, und ihr Ton wird zunehmend aggressiver, „und jetzt willst du auch noch meine Familie in diesen Dreck hier ziehen. Das lass ich nicht zu, du armseliger Idiot, du."

Sylvia heult fast vor Wut. Matthias starrt sie entgeistert an.

„Sylvia, was sagst du da?"

„Wegen diesem Kind habe ich dich heiraten müssen", schreit sie ihn an, „dieses missgebildete Kind, das Gott sei Dank nie zur Welt gekommen ist. Eine Thanner kriegt kein uneheliches Kind, weißt du? Und als es weg war, da war es zu spät. Und eine Scheidung kam nicht in Betracht, nicht bei Thanners."

Matthias schüttelt den Kopf und sieht sie an, als sei sie eine Fremde.

„Sylvia, ich weiß, wir hatten Probleme, wir haben uns auseinandergelebt, aber haben wir durch diese Sache nicht wieder zusammengefunden? Irgendwie gehören wir jetzt doch noch mehr zusammen. Und wir haben uns doch mal geliebt!"

„Liebe?", keift Sylvia. „Um Deine Liebe habe ich dich nie gebeten. Dankbarkeit wäre mir lieber gewesen!", herrscht sie ihn an.

Er zuckt zurück wie nach einem Faustschlag ins Gesicht.

„Gib mir das Buch!", befiehlt Sylvia unbeeindruckt von seinem Zustand. „Tu endlich, was ich dir sage!"

Sylvia zieht ihre Augenbrauen zusammen und fixiert ihn mit ihrem ausgestreckten Arm.

„Mach schon!" Ihre Hand zuckt fordernd auf ihn zu, während sie ihr Kinn gen Himmel streckt. „... bevor es hier richtig ungemütlich wird."

Matthias spürt, dass die Situation eskalieren kann und sucht verzweifelt nach einem Ausweg. Er ist so stolz auf diesen Fund, den er gerne mit der Frau geteilt hätte, die er liebt. Aber die Frau, die jetzt vor ihm steht und etwas fordert, das er nicht weggeben kann, kommt ihm plötzlich so fremd vor.

Er hält das Buch fest.

„Sie wollte auswandern", sagt er schließlich, weil er das Schweigen zwischen ihnen nicht aushalten kann. „... nach Amerika."

Damit reicht er ihr das Buch.

Sylvia zieht es an sich und schlägt es hastig auf.

4. Juli 1868,

liest sie leise.

Wir sind doch alle Betrüger! Andreas betrügt nicht nur seine Marie, er betrügt das ganze Dorf, und was schlimmer ist: auch mich.

Ich betrüge den Franz, aber was schlimmer ist: auch mich selbst. Warum leben wir nicht unser eigenes Leben?

Warum leben wir ein Leben, das andere sich für uns ausdenken? Warum lassen wir uns einsperren in ein fremdes Leben?

Wir haben die Freiheit und sind dennoch nicht frei. Haben wir denn keine Wahl?

Sylvia starrt auf die Zeilen und sagt sekundenlang nichts. Sie denkt nach, schließt ihre Augen und sieht ihr eigenes Leben vor sich. Mit einem Mal ist all ihre Aggression wie verflogen. Sie klappt das Buch vorsichtig zu und drückt es an sich.

„Es ist echt", sagt sie langsam, fast bedächtig, als ringe sie mit ihrer Fassung. „Und es ist wahr."

„Freilich ist das echt, was hast du denn gedacht? Sei vorsichtig damit. Gib es mir lieber wieder her."

Doch Sylvia presst das lederne Bündel unter

ihren verschränkten Armen enger gegen ihre Brust und schüttelt langsam den Kopf.

„Ich will es haben, ich will es lesen."

Sie macht einen Schritt zurück, doch Matthias hält sie am Ärmel fest.

„Das kannst du ja, aber gib es mir wieder zurück, Sylvia, wir müssen das veröffentlichen."

„Niemals!", sagt sie bestimmt, „lass es nur uns gehören."

Matthias hält sie jetzt fester am Arm und greift mit der anderen Hand nach dem Buch.

Sylvia wendet sich von ihm ab. Mit der Schulter versucht sie, Matthias von dem Büchlein fernzuhalten, aber mit einem sanften Ruck hat er ihr das Bündel schon entrissen.

Sie dreht sich wieder in seine Richtung um und greift mit beiden Händen nach dem Buch. Er wendet sich von ihr ab, aber sie springt ihm förmlich hinterher, so dass er hangabwärts einen Schritt zurückweichen muss. Dabei verfängt er sich in einer Wurzel – vielleicht in derselben, über die er stolperte, bevor er auf Anna Wimmer gestoßen ist. Er gerät in ins Straucheln, während Sylvia ihm gleichzeitig heftig vor die Brust stößt.

Matthias hält das Tagebuch fest in der einen Hand und rudert mit der anderen nach einer Stütze. Er kann den Sturz aber nicht abfangen und fällt rückwärts. Es kommt ihm wie ein endloser Sturz vor, der erst durch einen dumpfen Schlag unterhalb seines linken Ohres gestoppt wird.

Das Letzte, was er sieht, ist das wutverzerrte Gesicht seiner Frau und dieser grelle Blitz zwischen den Bäumen. Dann wird ihm schwarz vor Augen. Seine Finger umklammern das Tagebuch der Anna Wimmer.

Sylvia steht still über seinem leblos wirkenden Körper und schlägt fassungslos die Hände vor ihr Gesicht.

„Matthias? Was ist mit dir? Steh auf!"

Sie beugt sich zu ihm herunter und tastet nach seinem Nacken. Er bewegt sich nicht, atmet aber schwach. Als sie ihre blutige Hand zurückzieht, ist ihr klar, dass sie Hilfe holen muss.

„Matthias!? Du Dummkopf! Was machst du nur?", schluchzt sie, während sie das Tagebuch aus seinen verkrampften Fingern befreit und an sich nimmt.

In diesem Moment kommt urplötzlich Wind auf und wird rasch stärker. Eine Böe wird von einem Blitz begleitet. Ängstlich blickt sie zum Himmel und duckt sich, als kurz darauf der Donner auf sie nieder kracht.

Sie steht auf und läuft verzweifelt hin und her,

blickt verstört in alle Richtungen. Unschlüssig, was nun zu tun ist, schreit sie immer wieder: „Matthias, warum nur?“

Sie heult, außer sich vor Angst und Verzweiflung. Immer wieder fällt ihr Blick auf das Buch, das sie mit beiden Händen festhält, und schwenkt dann hinüber zu Matthias, der wie tot auf dem Waldboden liegt.

Den Mann, den sie eigentlich immer loswerden wollte, sieht sie schwer verletzt vor sich liegen ... vielleicht wird er sterben. Ist es ein Unfall gewesen, oder ist es ihre Schuld? Wen interessiert das schon?

Genau an dieser Stelle ist er schließlich schon einmal gestolpert und gestürzt und hat so die ganze Sache ins Rollen gebracht. Warum nicht ein zweiter Sturz, der die Geschichte dann auch beenden würde?

Sie ist erschrocken über ihre eigenen Gedanken und gibt sich einen Ruck: Sie muss Hilfe holen.

Hastig steckt sie das Buch in ihren Hosenbund und läuft den Hang hinauf und durch den Wald zurück zum Auto. Als sie im Wagen sitzt, fallen erste große Regentropfen und trommeln gegen die Scheibe und das Dach.

Sie fingert nach dem Zündschloss und bemerkt, dass der Schlüssel nicht steckt.

„Verdammte Scheiße!“, schreit sie und schlägt heftig auf das Lenkrad.

Matthias ist gefahren und hat die Schlüssel sicher in seine Tasche gesteckt.

Der Grubner Hof, denkt sie. *Dort kann man telefonieren!*

Sie springt aus dem Wagen und rennt durch den Regen zum Hof hinüber. Nach wenigen Minuten hat sie ihn atemlos erreicht. Die Haustür steht offen. Ohne zu klopfen stürzt sie in den Hausflur und schreit: „Hallo! Jemand zu Hause?“

Aus der Küche schlurft die alte Bäuerin heraus und trocknet langsam ihre Hände an einem Geschirrtuch ab, während sie Sylvia fragend mustert.

Es ist schon so dunkel im Flur, dass Frau Heumann sie nicht gleich erkennt: „Wos isn des füa Gschroa?“

Ein Blitz taucht das Haus kurz in grelles Licht, lange genug, damit Evi Sylvias Gesicht sehen kann.

„Unten am See“, bringt Sylvia nach Luft schnappend hervor, „da ist ein Unfall passiert.“

„Na, sog des ned. Ned no a Leich, bittschee.“

„Ruf’ bitte schnell einen Sanker, schnell!“

Damit rennt sie wieder hinaus. Der Regen peitscht ihr heftig ins Gesicht.

Frau Heumann lässt ihr Geschirrtuch fallen und

ist nach drei Schritten am Telefon, das im Hausflur an der Wand hängt.

Sylvia läuft zurück zum See. Die Sturmböen schaufeln ihr den Regen entgegen. Als sie den Stein erreicht, ist sie vollkommen durchnässt. Sie springt über die Sträucher hinunter zum Wasser. Dann bleibt sie wie angewurzelt stehen. Die Stelle, wo ihr Mann vor wenigen Minuten noch gelegen hat, ist leer. Nur eine kleine Blutlache ist noch zu sehen und wird langsam vom Regen weggespült.

Sie blickt erst wild und verstört um sich. Dann rennt sie verzweifelt hin und her.

„Matthias, wo bist du?“, schreit sie in den Wind.

Am Ufer verharrt sie wie vom Blitz getroffen: Obwohl die Bäume im Sturm heftig rauschen und der Regen laut auf den See niederprasselt, ist ihr plötzlich so, als höre sie hinter sich etwas. Sie fühlt sich beobachtet.

Vorsichtig dreht sie sich um und ist augenblicklich wie eingefroren. Matthias steht direkt hinter ihr und streckt seine Hand nach ihr aus.

„Gib mir das Buch!“, sagt er ohne jede Regung.

„Matthias!“ Ihre Stimme klingt erleichtert. Sie bewegt sich auf ihn zu.

„Alles in Ordnung? Du blutest doch. Was ist mit dir?“

„Halb so wild. Gib mir das Buch!“, wiederholt er ungeduldig.

„Ich habe einen Krankenwagen gerufen. Setz’ dich. Er müsste gleich hier sein.“

„Gib mir sofort das Buch!“, sagt er noch mal und streckt seine Hand weiter vor.

„Das hat doch jetzt Zeit. Später. Ich hab’s nicht hier.“

Sie breitet ihre Arme aus, als wolle sie ihn umarmen. Ihr T-Shirt klebt an ihrem Körper, und das Buch zeichnet sich deutlich darunter ab.

„Ich sehe es doch. Gib’s endlich her.“

Matthias deutet auf ihren Hosenbund.

Sylvia legt ihre Hände schützend auf ihren Bauch.

„Ja, es ist hier und da bleibt es auch. Wir müssen dich jetzt erst zum Arzt bringen.“

Sie geht wieder einen Schritt auf ihn zu, doch auch er macht einen Schritt vorwärts und drängt sie zurück in Richtung Wasser.

Sie weicht vor ihm zurück und streckt schützend ihre Arme nach vorne.

In diesem Moment kracht ein Donnerschlag, gleichzeitig zischt der Blitz herab und macht ein Geräusch wie ein Pfeil, der einen Bogen verlässt.

Sie zucken beide zusammen. Das Gewitter ist nun direkt über ihnen. Plötzlich bewegt er sich schnell in ihre Richtung, doch bevor er sie erreicht, zieht sie das Buch unter ihrem T-Shirt hervor und hält es in die Höhe.

„Lass mich! Lass mir das Buch", schreit sie. „Es gehört mir. Du hast kein Recht darauf."

Sie überlegt kurz und zieht wieder ihre Augenbrauen zusammen.

Dann wirft sie das Buch ohne ein weiteres Wort in hohem Bogen hinter sich.

Anna Wimmers Tagebuch fliegt und flattert im Wind wie eine verletzte Taube. Es wird von einer Windböe erwischt und landet mit einem lauten Klatschen im Wasser. Der Regen prasselt darauf nieder. Der Einband hat sich aufgeschlagen. Das Buch liegt geöffnet mit den Seiten nach unten im Wasser. Es geht nicht unter.

Matthias hat dem Buch hinterhergesehen und starrt jetzt seine Frau fassungslos an.

Sylvia fixiert ihn ebenfalls mit starrem Blick.

„Sylvia!?", faucht er sie an. „Was hast du gemacht? Warum hast du das getan?"

„Dann soll es keinem gehören", erwidert sie.

Matthias marschiert die wenigen Schritte, die sie noch trennen, energisch auf sie zu und stößt sie so heftig zur Seite, dass sie im Wasser landet. Dann springt er kopfüber in die Fluten und krault auf den See hinaus. Nach wenigen Schlägen hat er das Buch erreicht und fischt es heraus.

Sylvia steht am Ufer, schaut in den Himmel und wartet auf den nächsten Donnerschlag, aber der Himmel bleibt still.

Als er aus dem Wasser steigt, würdigt er sie keines Blickes.

Vom Stein her sind plötzlich Stimmen zu hören.

„Was machen Sie da? Kommen Sie da weg, das Gewitter."

Zwei Sanitäter und ein Arzt mit einem Koffer stürzen den Hang zu ihnen herunter.

Die Männer versorgen Matthias' Wunde am Kopf provisorisch und führen die beiden dann schnell hinauf zu dem am Waldrand wartenden Sanker.

Matthias und Sylvia folgen den Anweisungen der Rettungsleute völlig apathisch. Zu sehr sind sie damit beschäftigt zu begreifen, was sich eben zwischen ihnen abgespielt hat.

Im Krankenwagen werden sie in Decken gehüllt. Matthias umklammert das tropfende Bündel Leder, Sylvia starrt ins Leere.

Das Gewitter ist vorübergezogen.

Sie fahren zum Priener Krankenhaus. In der Ambulanz lässt Matthias die Platzwunde hinter seinem Ohr behandeln. Der Arzt meint, er habe wahrscheinlich auch eine mittelschwere Gehirnerschütterung erlitten und will ihn für mindestens eine Nacht stationär aufnehmen. „Zur Beobachtung“, sagt er.

Matthias lehnt ab. Er will auf eigene Verantwortung nach Hause gehen.

Der Arzt lässt ihnen ein Taxi rufen und fragt sie beim Abschied: „Was habt’s da eigentlich gmacht – dort am See?“

Sie sagen beide kein einziges Wort.

12

Auch zu Hause haben sich Sylvia und Matthias zunächst nur wenig zu sagen. Matthias verbringt die Nacht auf der Couch, ohne das Tagebuch aus der Hand zu legen. Am nächsten Tag melden beide sich krank: Sylvia bleibt im Bett, Matthias verkriecht sich im Arbeitszimmer.

Sie gehen einander zwar nicht bewusst aus dem Weg, aber sie schweigen sich an. Jeder auf sich gestellt, beschäftigen sie sich mit dem, was zwischen ihnen vorgefallen ist.

Nachmittags führt Sylvia das eine oder andere Telefonat. Einmal merkt Matthias, dass sie mit ihrer Mutter spricht, denn Sylvia wird lauter als sonst.

„Nein, Mama! Ich will jetzt niemanden sehen!", hört er sie durch die geschlossene Tür sagen, während er über das Tagebuch gebeugt an seinem Schreibtisch sitzt.

Zunächst versucht er mühsam, die Seiten einzeln zu trocknen, doch sie zerfallen in seinen Händen. Auf dem wenigen verbleibenden Papier ist die Schrift wie weggespült. Es dauert nicht lange, bis er aufgibt. An viele Einträge kann er sich gut erinnern, einige wenige kennt er sogar auswendig. Wo noch etwas zu entziffern ist, kann er viele Passagen aus dem Gedächtnis vervollständigen. Er beginnt damit, ein paar Stellen neu aufzuschreiben. Doch auch das gibt er bald wieder auf. Er hat kein Recht, Annas Worte zu benutzen.

Schließlich akzeptiert er die Realität: Das Tagebuch ist zerstört.

Am frühen Abend packt er es ein und fährt mit dem Fahrrad wieder zum Langbürgner See.

An der Stelle, wo er vor Wochen auf Anna Wimmer gestoßen ist, bleibt er lange andächtig stehen – wie vor einem Grab. Schließlich holt er weit aus, als wolle er einen Speer schleudern, und wirft das Buch aufs Wasser hinaus. Eine Weile bleibt er am Ufer stehen und wartet, bis es untergegangen ist. Es dauert nicht lange.

Als er wieder nach Hause kommt, findet er Sylvia im Schlafzimmer. Sie packt ihren kleinen Koffer.

„Du musst verreisen?"

„Morgen. Ich kann nicht länger zu Hause bleiben. Das Büro hat angerufen, ... ich ... ja, ich muss ein paar Tage verreisen, nach New York", sagt sie, während sie die gefalteten Wäschestücke langsam in den Koffer stapelt.

Matthias nickt schweigend und vergräbt seine Fäuste in den Hosentaschen.

„Ich hab's ins Wasser geworfen", sagt er unvermittelt. „Das Tagebuch – es war eh nicht mehr zu retten."

Sylvia hält kurz inne und sieht ihn überrascht an.

„Besser so", murmelt sie dann und streicht behutsam eine Bluse glatt.

„Ich denke, ich bin der einzige, der es gelesen hat, oder?", fragt er sie.

„Wahrscheinlich."

„Möchtest du nicht wissen, was drin stand?"

„Ok."

Sie setzen sich beide auf ihr gemeinsames Bett, und Matthias erzählt, was er von Anna Wimmer weiß, von ihrer Familie, ihrem fremden Leben und den Plänen von einer Zukunft in Amerika.

Sylvia hört ihm schweigend zu. Ab und zu nickt sie jedoch, als habe sie all das längst gewusst.

Am nächsten Morgen wird sie in aller Früh von einem Taxi abgeholt. Sie weckt ihren Mann und verabschiedet sich mit wenigen Worten.

„Ich melde mich", sagt sie, bevor die Wohnungstür ins Schloss fällt.

Als Matthias nach drei Tagen immer noch keine Nachricht von ihr hat, telefoniert er hinter ihr her, ohne sie zu erreichen.

Deshalb erkundigt er sich in ihrem Büro. Ihre

Assistentin scheint irritiert. Erstaunt teilt sie ihm mit, dass Frau Dr. Staudacher ihre Termine in New York wahrgenommen und sich danach doch kurzfristig Urlaub genommen habe. Es sei ja auch kein Rückflug gebucht gewesen. – Ob er das denn nicht wisse.

„Doch, doch, jetzt, wo Sie es sagen, fällt es mir wieder ein. Danke", sagt er gedankenverloren und legt auf.

Er fragt bei ihren Eltern nach, aber auch die wissen anscheinend nichts.

Sylvia bleibt zunächst wie verschollen.

Erst nach weiteren drei Tagen schickt sie eine Postkarte aus New York:

Es geht mir gut! – Such mich nicht! – Ich melde mich wieder!

Matthias heftet die Karte an den Kühlschrank.

Das Bild zeigt die Freiheitsstatue wie sie ihre rechte Faust in den Himmel über Ellis Island reckt.

Drei Wochen später kommt ein kurzer Brief, ohne Absender, abgestempelt in Philadelphia, Pennsylvania. Er ist von ihr.

Sie schreibt, Blut sei wirklich dicker als Wasser, und sie denke täglich an Anna Wimmer.

Unsere Bücher im Internet:
www.pendragon.de

4. Auflage

Originalausgabe
Veröffentlicht im Pendragon Verlag
Günther Butkus, Bielefeld 2007

Lektorat: Günther Butkus, Markus B. Eberwein
Umschlag & Herstellung: Michael Baltus
Umschlagfoto: Roland Voggenauer
Motiv: Langbürgner See
Satz: Pendragon Verlag auf Macintosh
Gesetzt aus der Adobe Garamond
Druck: AALEXX Druck GmbH, Großburgwedel
ISBN 978-3-86532-072-8
Printed in Germany